烦恼

林刚丰/主编　　林刚丰/著

小林校长系列丛书

中国文联出版社

图书在版编目（CIP）数据

烦恼就是爱 / 林刚丰著 . -- 北京：中国文联出版社，2022.11

（小林校长系列丛书）

ISBN 978-7-5190-4909-6

Ⅰ.①烦… Ⅱ.①林… Ⅲ.①青少年教育 Ⅳ.①G775

中国版本图书馆 CIP 数据核字 (2022) 第 188354 号

主　　编	林刚丰
著　　者	林刚丰
责任编辑	周　欣
责任校对	吉雅欣
装帧设计	谭　锴

出版发行	中国文联出版社有限公司
社　　址	北京市朝阳区农展馆南里 10 号　　邮编 100125
电　　话	010-85923025（发行部）　　010-85923091（总编室）
经　　销	全国新华书店等
印　　刷	廊坊佰利得印刷有限公司
开　　本	710 毫米 ×1000 毫米　　1/16
印　　张	18.25
字　　数	160 千字
版　　次	2022 年 11 月第 1 版第 1 次印刷
定　　价	46.00 元

版权所有·侵权必究
如有印装质量问题，请与本社发行部联系调换

序

我的第一本书是《爱的教育》。这次出版的是第二本书，它的名字叫《烦恼就是爱》。第一本《爱的教育》主要围绕我做民办学校校长时，关乎一所学校从无到有的点点滴滴的创造和点点滴滴的教育思想的洞见的集合，是身边一个个鲜活的学生与老师的故事，也是一个又一个充满魔法般的童话般的课程创造的故事。而《烦恼就是爱》这本书，是我对生活中的一个又一个家长所呈现出来的各种各样的烦恼，给予咨询、解答、提醒、答辩会集的一本书，更多地指向家庭教育。这本书我很想表达的是，生命教育的过程就是烦恼的舞蹈，烦恼的过程就是爱的教育的过程。在关系中让烦恼流动起来，恨就会流动起来，爱就会流动起来。

所以，这本书的出版，一定要感谢那些向我抛来烦恼橄榄枝的人。我在书中隐去了他们的真实姓名，好多都变成了小a小c这样的一个代名词，但每一个烦恼都是真实的，每一个烦恼的解答也都是真实的，每一次烦恼背后的灵魂的碰撞和思想的洞见也都是掷地有声的。没有他们一次次地向我投来烦恼的橄榄枝，就没有爱的回应与爱的教育。

江海不嫌细流，在家庭教育中，每一次亲子的冲突其实就是关系的冲突，但这恰恰是在关系当中把烦恼转化成爱的契机。《烦恼就是爱》，这本书其实是一个烦恼的湖，也是一个爱的湖。

这本书里头的真人真事，很多人我都没有见过面，他们只是通过微信或电话向我咨询，这得归功于我每天都在微信朋友圈发表自己所见所思所感的微文，我已经坚持了2300多天。2300多天，我日复一日，年复一年，一天不落，了然成为了我的独特的教育生活的见证，2300多天来，让我感觉到爱的根须不断地扎根到大地的深处，我对爱的敏感性和对烦恼的化解力也逐渐地愈发清晰与敏锐，咨询的人也越来越多，我总是有求必应，不厌其烦，正因为无数生命的烦恼共同指向爱的舞台，这让我爱上了拥抱烦恼，同时也让我拥有了把烦恼创造成爱的生命正能量。

回顾我在基础教育奋斗的30年，我一直践行着爱的教育，其中我做了14年的校长，也一直用爱来管理学校。现在，我又从基础教育领域下海，去创办若存书院，若存书院是由我发起并创设，以教学古井能量学、建构家庭"爱的教育"咨询事业的新平台。若存书院的诞生就是因为我在不断地与家长的各种烦恼的打交道当中，突然发现，要改变中国教育，首先要改变中国家长。也只有中国家长真正领悟到爱的魅力和爱的终极意义，才能真正地让孩子从小拥有足够好的养育，即从小在花园式的家庭里长大，拥有自恋、拥有个性和拥有激情，在0岁到6岁的这个早期教育中，完成内在足够好的小孩与足够好的父母这一个内在人格模式，为人生奠基。

所以，这几年我又开始埋头扎进到精神分析的领域，面对更多的更深层次的大人的烦恼，并用更加精准的精神疗法支持我们身边的每一个父母。并且我一直在对家庭爱的教育作出系列思考与写作，为我的第三本书出版而努力。我也在不断地对来访者的深层次的烦恼与疗愈的故事进行记录并整理，将来可能有一天还会有一本就关于来访者精神疗愈故事的一本书。

我想我的人生，就是永远跟烦恼在一起，永远跟爱在一起。在爱的这条路上，我愿意是一个绝对的纯粹的自信的人。在《烦恼就是爱》这本书即将出版的时刻，我的内心充满着喜悦，我想这是一切的烦恼和爱相互渗透而点亮内心视觉的喜悦。无论我今后继续在寻找什么，我始终都在寻找爱，我愿意在烦恼和爱的关系里头进一步地深耕我的灵魂。

请原谅我对你烦恼的干预，因为接到你的烦恼的那一刻，爱你胜过爱我自己。

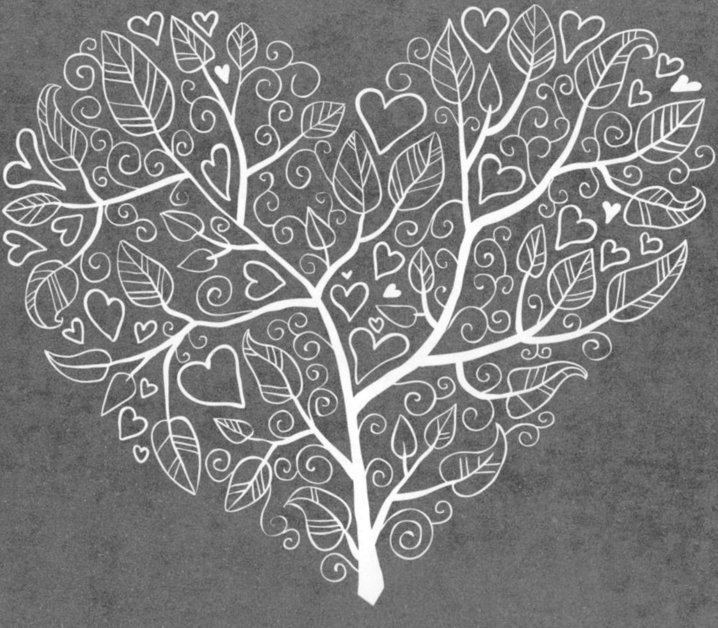

目录

第一章

01
小小Ａ的安全系统·002

02
安全的破坏游戏·004

03
孩子是被吓哭的·006

04
规矩过早·008

05
小Ａ的早期教育·011

06
兄弟俩·014

07
寻求支持很重要·016

08
小Ａ生气有原因·018

09
小Ａ的自我意识·020

第二章

01
慢吞吞的小E · 024

02
陪伴是无条件的 · 026

03
荒唐的"善意" · 028

04
发问的艺术 · 031

05
斗来斗去 · 034

06
交往障碍 · 036

07
祝福你，小男孩！· 039

08
可怕的"爱" · 042

09
相信相信的力量 · 044

第三章

01
相杀·048

02
适当点拨·050

03
两个抵触·052

04
谁会选择吃苦？·054

05
谁发起了父女之间的战争？·057

06
用身教替代言教·060

07
小 A 妈妈与小 A 爸爸的争吵·062

08
小 A 妈妈的担心·064

09
不能让孩子无辜受罪·067

第四章

01 小 A 妈妈的依赖·070

02 让孩子自己作主·072

03 让孩子作主·075

04 先培养学习动机·078

05 儿子的不乐意·080

06 我不够好·082

07 我不喜欢·084

08 点燃小 A 的信心·086

09 小 A 妈妈的烦恼·088

10 极端的小 A·091

11 什么是起跑线？·093

第五章

01 真实想法与真正需求·096

02 一切情绪来自自己·099

03 焦虑加上焦虑·101

04 小A的愿望·104

05 铁定的事实·106

06 无意识的抵触拥抱·109

07 内心冲突的"遗传"·111

08 可怜的孩子·113

09 小A的问题·115

10 小A对妈妈说·118

第六章

01
小 A 妈妈的焦虑·122

02
既生气又心疼·125

03
希望越大，失望越大·127

04
父母怎样提要求与希望·130

05
小 A 的心理素质·132

06
事与愿违·134

07
替孩子说话·137

08
操之过急·139

09
家长的需求·142

10
从家长的角度看·145

11
珍贵的建议·147

12
暑期学点什么 · 150

13
小 Ａ 犯错误之后 · 152

14
小 Ａ 的英雄壮举 · 155

15
咨询的意义 · 157

16
这是勇气吗 · 159

17
斗争中的焦虑 · 161

18
建设性运用焦虑 · 163

第七章

01
静等花开 · 168

02
"不满"从哪里来？· 170

03
"悲哀小熊"的投诉 · 172

04
现代孟母 · 175

05
在冲突中成长·177

06
意想不到的"勇敢"·179

07
不开心的小A·181

08
转逆境为顺境·184

09
一位妈妈的苦恼·186

10
诺诺的焦虑·189

11
为什么说谎·191

12
矛盾是改善关系的良机·193

13
阶段性持续也是持续·196

第八章

01
十六岁的痛苦·200

02
日日改错·204

03
家长A的挫败感·205

04
关于学校霸凌的讨论·208

05
站在孩子的将来看书面考试成绩·210

06
青春期是美好的·213

07
向小A的新班主任学习·215

08
远水解不了近渴·217

09
亲子关系的边界·220

10
小A妈妈与小A的冲突·222

11
大男孩的痛苦·225

12
不能用负能量制止·227

第九章

01 闹情绪·230

02 打开情绪之锁·232

03 解除紧张的游戏·234

04 与润楷的对话·236

05 一束"大爱"·238

06 妈妈的焦虑·240

07 陌生人的信任·242

08 迁怒·244

09 准确回应·247

10 为了公平·249

11 不要再骂我·251

12
我为什么要抱你·254

13
迁就不是爱·256

14
家是孩子的避风港·258

第十章

01
没有反抗就没有成长·262

02
神奇的疗法·264

03
无计可施·266

04
说教的口头禅·268

05
这个"儿子"不简单·270

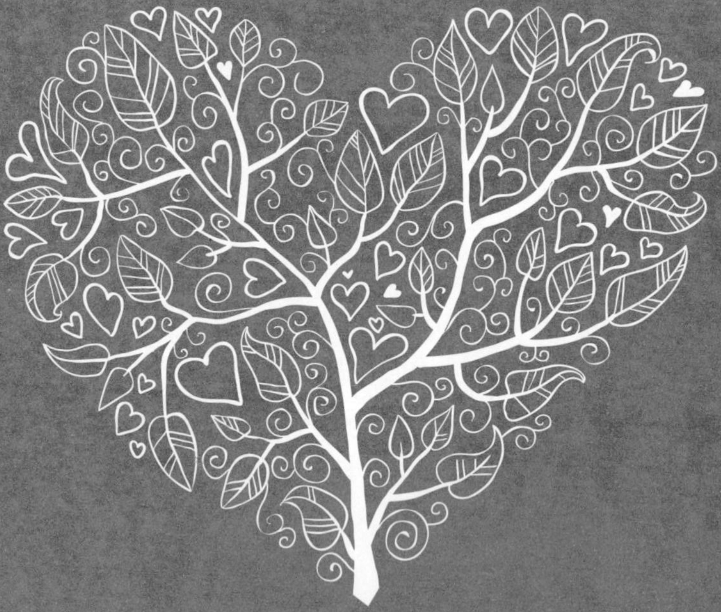

幼儿面对害怕的体验会自动储存，如果他的安全系统得不到重置，他就会重复自动报警。如何重置幼儿的安全系统？这得让父母插手帮一把，但是父母是无法跳进孩子头脑中的安全系统，替他发出安全信号的。只有孩子自身发出的安全信号才可以解除警报，然而父母可以通过与孩子玩一玩相同危险情景的游戏，让孩子在游戏中靠自己的体验对原来害怕的情景做出安全的理性评估，孩子的安全系统就在其做出安全的理性评估时进行了重置。

第一章

01. 小小 A 的安全系统
02. 安全的破坏游戏
03. 孩子是被吓哭的
04. 规矩过早
05. 小 A 的早期教育
06. 兄弟俩
07. 寻求支持很重要
08. 小 A 生气有原因
09. 小 A 的自我意识

01
小小 A 的安全系统

小小 A 妈妈咨询我："小小 A 才两岁，有一次在浴室洗澡中，突然断电灯灭了，他就大哭了很长时间。从那以后，只要在浴室洗澡，他就很警惕，有一次我不小心把灯关掉，他就大哭起来，而且还哭个不停。后来，我借机故意在他洗澡时把灯关掉，他就又大哭不停。我有点担心，又不知怎么办？"

"小小 A，睡觉时关不关灯？"

"睡觉时，关灯的，关灯时他不会哭。"

"那你就不用担心。他并没有对黑暗的焦虑。他只是在那次洗澡中受到了一点惊吓。恐惧的记忆和那个黑暗的场景留在了他的意识里。相同情景再现时，他恐惧的警报自动响起，哭是恐惧的一种表达，哭个不停是因为他自己没有能力解除害怕的警报。你可以跟他玩一个关灯的游戏。可以先尝试在卧室里玩，你演一个关灯就哭开灯就笑的小孩，而让他演关开灯的捣蛋鬼。后来可以尝试在浴室里玩。也可以去与小小 A 调换一下角色。几次三番后，他就明白灯灭了只是一个游戏，没有任何危险，他原先储存的恐惧记忆自然消除了，再碰到相同情景，他害怕的警报就不会自动响起，大哭的情绪也不会发生。"

"好的，我试试，我心里的石头终于放下来了。"

洞见：幼儿面对害怕的体验会自动储存，如果他的安全系统得不到重置，他就会重复自动报警。如何重置幼儿的安全系统？这得让父母插手帮一把，但是父母是无法跳进孩子头脑中的安全系统，替他发出安全信号的。只有孩子自身发出的安全信号才可以解除警报，然而父母可以通过与孩子玩一玩相同危险情景的游戏，让孩子在游戏中靠自己的体验对原来害怕的情景做出安全的理性评估，孩子的安全系统就在其做出安全的理性评估时进行了重置。

02
安全的破坏游戏

有家长咨询：林校，我想向您请教一个问题，我家小孩，买了玩具，玩够了，他就会用各种工具敲、锯的，手掰、脚踢，一定会把玩具弄得破碎完事。这样的表现有什么问题吗？今天就把昨晚刚买的遥控车给掰没了，卸下两边的门，给我看，变成了什么，里面的线挖出来看看，踩碎为止。

吾：他对待其他物件也是这样的吗？比如书籍、毛绒玩具。

家长：毛绒玩具不会，书籍也不会。

吾：他踩碎的时候是在发脾气吗？

家长：没有发脾气，他就是每次买的玩具，玩差不多了，拿着工具能敲碎就要敲碎。

吾：如果他不是边发脾气边破坏，那你就不用担心。他对玩具的敲碎是有选择性的并且是认真的。他的这种行为表面上看是破坏行为，其实他也许只是想弄明白什么，可他不知道如何小心地拆解与安装。或者他想证明自己的力量，或者他正在自导自演他想象出来的游戏情节。如何满足于他对某些玩具的探究动机又让他爱惜玩具？你可以耐心地手把手地教他如何拆了而不用破坏的方法，也可以买一些零部件让他组装车模，好好地开发他动手制作的能力。也可以通过用旧的完整的玩具换新玩具的方法来引导他对玩具的爱惜。如何满足他对自己力量的展示？这可以通过高强度劳动、运动来消耗他旺盛的体能和表达他对自身力量的信心。如何满足他想象并完成破坏性的游戏情节？这可以安排他参加对抗性的球赛游戏或玩一些捏泥土堆沙子的游戏。

家长：好的，好的，明白了！多谢！

洞见：小孩子对玩具的破坏如果不带愤怒、失控的情绪，他的行为就是安全的。因为在他的世界里，这只是一场游戏而已。这就像我们大人有时也会有同样的幼稚的行为表现，有时我们会不自觉地将一张白纸撕成一点点碎片，我们会不停不停地撕。只要我们撕的时候是不带情绪的，我们的行为也是安全的。因为在我们的意识里，这只是一个游戏而已。

03
孩子是被吓哭的

有家长咨询：校长，为什么我的孩子，我们一生气，他就很惊恐，就会哭？

洞见：小孩子对自己的爱像璞玉，它与黑暗、恐惧、羞愧等相生相依的能力弱，它像稚嫩的小草，轻风吹而折之。这是一种没有经历过风雨的爱，它正在等待磨炼等待开发，常常表现为一旦遇上大人身上传导出来的生气的力量，它就会逃离或防卫，哭就是一种防卫。大人的爱来自觉醒，是一种重见天日的光明，它经历了黑暗、恐惧、羞愧，它已经具备了融化和转化黑暗、恐惧、羞愧的力量，它能稳稳地拉住黑暗、恐惧、羞愧的手，不离不弃。大人的爱是成熟的爱，是穿越黑暗的光明，是坚不可摧的钻石，爱一旦成熟，大人就具备精神的力量，灵魂的力量，是真正的爱。

结论：小孩子对自己的爱是自觉的，非理性的爱、脆弱的爱。大人对自己的爱是理性的爱，它融合了智慧的力量，它具有自我调节与转化。大人生气时小孩惊恐，是因为孩子的爱还不足以抗衡大人生气的负能量，惊恐与哭泣是大人生气的余波，这种惊恐的源头不是来自孩子本身，而是来自大人本身的恐惧。孩子是被吓哭的，发生这种情况，该反省的是我们大人，大人应向孩子道歉。

建议：大人不能拿孩子与自己比，不要忘了，他就是个孩子。大人应尽量克制自己的情绪，不生气就是对孩子"脆弱爱"的一种呵护。

04
规矩过早

小 A 妈妈高兴地向我叙述了她教育小 A 很成功的一个往事：

小 A 五岁，特别爱吃冰淇淋。有一天一大清早，小 A 很想吃冰淇淋，小 A 妈妈就给小 A 讲了许多大清早吃冰淇淋的坏处，并要求小 A 答应妈妈，以后一定不在大清早吃冰淇淋。小 A 答应了妈妈。可中午的时候，小 A 妈妈发现垃圾桶里多出了一份冰淇淋的包装，就把小 A 找来质询，小 A 承认是她早上拿来吃掉的。小 A 妈妈对小 A 说话不算话的行为感到恼火，打算惩罚小 A。她就把小 A 最喜欢的、最心爱的，天天抱着睡觉的抱枕拿走一个晚上，小 A 就十分委屈，也无可奈何。从此以后，小 A 再也不在早上吃冰淇淋了，小 A 对妈妈做出的其他承诺也能说到做到了。

我听了小 A 妈妈的叙述，说："表面上看是你赢了，实际上是你赢了小头输了大头。"

小 A 妈妈心情一下跌落下来，问："为什么？"

我说："五岁的儿童，就是一只小老鼠。小A偷吃冰淇淋，是好奇，是勇敢，是自我满足的一次积极行动，在她从冰箱里取出冰淇淋吃的时刻，她是多么的幸运与快乐。在她的世界里，满足自己的需求是最大的，是天性与灵性使然，而违背与妈妈定下的承诺在她的世界里是小事或此事根本不在她以为的世界里。你惩罚小A的结果让她变乖巧了，变功利了。如果我早上再吃冰淇淋，如果我违背与妈妈的承诺将失去更心爱的东西，我为了自己心爱的东西必须听从于妈妈的承诺。你看，她为了实现自我的满足的行动与勇气被你的规矩与严厉的惩罚一下子压制了，在小A的意识里，你的权力与你设置的规矩又大又可怕。其实你与小A达成的这份口头承诺对小A来说是不公平的，而且她偷吃一个冰淇淋就要失去一晚心爱的抱枕的惩罚也是不公平的，明显惩罚过度，并且处于弱势的她只能乖乖就范，这些冲突的背后难道不是你在以大欺小吗？不要忘了她才五岁，你压制她的灵性满足你的规矩，是不是来得太早了？"

小A妈妈突然焦虑起来。

洞见：父母设置的规矩就是一堵高墙，父母为将自以为是的规矩执行而采用的严厉管理手段更是高墙背后的虎狼。并且这堵高墙往往是由父母一方单向设计的，它的确具有让孩子变得"规矩"的功效，这会让父母误以为教育成功了。可它是父母被迫下的"规矩",它往往以牺牲孩子的天性与灵性为代价,它往往会割裂父母与孩子之间的亲密关系。这种从压抑孩子自我满足的成长勇气为代价而满足社会本位发展的过早的规矩教育不可取,过早让她成为父母规矩下的孩子恰恰是毁灭了孩子真正养成自我规矩的可能性(即毁灭德性光辉的自我发展的可能性)。

05
小 A 的早期教育

小 A 妈妈来咨询小 A 上崇德的有关事项，在聊天中获知小 A 在幼儿园读了小班、中班，大班就请了个私塾老师专门负责小 A 在家独自生活学习。我对此非常感兴趣，也特别敬佩小 A 妈妈在对小 A 的教育上所做出的个性化的尝试。

我问：你让小 A 放弃幼儿园的生活学习，而专门找了个私塾老师让她在家生活学习，你这样做的初衷是什么？

小 A 妈妈：看到小 A 在幼儿园学习并不开心。

我问：在家一个学期，那小 A 有什么变化？

小 A 妈妈：小 A 现在很开心，很自由，可以一整天画画，也可以由老师带出去玩一整天，现在她很愿意上台表现自己。

我问：由于小 A 常常独自一个人在家生活学习，她可能更多学会了自我相处、自我欣赏，她可能更多地学会了与私塾老师以及父母的交流与对话能力，而因小 A 脱离同龄人之间的交往环境久了之后，小 A 与同龄人建立关系的能力会不会可能有些缺乏？

小A妈妈：这个方面我还没关注过，小A在家生活学习只有一年，我想我不会担心，但谢谢您的提醒，我接下去会多安排她参加同龄人之间的交往活动。

我问：私塾老师会特别注重小A早期阅读的教学吗？

小A妈妈：小A识字量还很少。

我说：可以先引导小A进行看读与听读，小A如果能自主进行绘本的看读与听读是非常有意义的。这恰恰是不识字才有可能进行阅读训练，小A如果识字了，她就会利用书面语言来理解故事和图画内容。在小A不识字前，如果能利用图画信息来理解故事甚至是创编故事，这有利于开发小A的非语言思维和想象力以及对感知客观事物的兴趣；而听读绘本或故事除了有利于听力训练之外，更有利于培养小A与讲故事人情感之间链接的能力以及有利于养成一些儿童阶段必须有的美好价值观。而这些能力的养成是儿童早期教育应该完成的基本学习面向。

小A妈妈：谢谢您的提醒。小A没上崇德就接受了崇德的教育理念，太好了！

我说：你是个很有智慧的妈妈。小A是幸福的。

洞见：一个孩子的早期教育，是圈养，还是放养，还是上幼儿园，还是私塾教育，还是留守儿童，还是隔代教育,还是国际化教育,还是寄养,往往是由父母主导的。人虽然生而平等,却由于父母主导的早期教育不同,孩子的性情与命运就从此不同。

06
兄弟俩

哥哥八岁,弟弟五岁。哥哥总是打弟弟,弟弟总是哭着向妈妈告状。妈妈每一次总是责怪哥哥。可是哥哥还是会打弟弟。看着弟弟总是吃亏,妈妈只好教弟弟:"下次哥哥再打你,你就打回去。"

洞见:哥哥为什么总是打弟弟?

一、哥哥匮乏。原因是哥哥在三岁左右时,眼睁睁看着大人的爱被刚出生的弟弟夺走。缺爱的哥哥一遇上点情绪,就不能自我调节,很自然地会拿打弟弟的胜利感来平衡情绪。

二、哥哥学妈妈的样,以大欺小。哥哥打弟弟后,妈妈总是责怪哥哥,这是妈妈以大欺小的示范。

三、哥哥有报复的可能。"我打你,你告诉妈妈,害得我被妈妈骂,所以我要打你出气。"

四、是妈妈教的。当妈妈教弟弟"打回去"时,其实哥哥也看在眼里听在耳里。"弟弟能打,我为什么不能打。"

五、引起注意，渴望宠爱。哥哥想制造一些事端引起妈妈的注意，从而想让妈妈关心他。

07
寻求支持很重要

微友 A：林校长，早上好！请教一个问题。我女儿今年 6 岁，一直我都是跟她讲道理，和小朋友在一起就是让她谦让一下，但是最近长辈们就开始觉得，什么事情都只会谦让而不会去争，这样会不会导致孩子长大就没有了斗志？我开始有点担心。因为有很多时候跟小朋友在一起玩，我女儿是讲道理的，但是别的小朋友是不讲理的，长辈们就会觉得我家小孩很弱很吃亏。

我：相信女儿，相信自己。相信一个善良、可爱，能照顾别人的孩子，是有福德佑护，邪见了她，也会退避三舍。

微友 A：有你的这句话我会坚持我的做法，继续下去！相信自己种下的因。

我：以后社会讲共赢、讲合作、讲分享，即使讲竞争，也讲共赢的竞争，德性的竞争。

微友 A：明白了。谢谢林校长！

洞见：当家人不断反对自己教育孩子的方向的时候，你觉察到了什么？当家人对孩子养成的某一特性充满忧虑的时候，你觉察到了什么？其实，一是你教育孩子的方向与家人教育孩子的方向发生了矛盾，这是由家人教育观念上的矛盾或家人乐观派与悲观派之间的冲突或家庭教育子女权力之间不平衡造成的。二是家人的忧虑与不满影响了自己的情绪或家人的据理力争动摇了自己原来的教育观念。三是这时候，你渴望的是支持是理解，一旦得到支持与理解，信心就恢复了。

08
小 A 生气有原因

一年级小 A 妈妈咨询我：小 A 总是生气，我该怎么做？

我问：小 A 不会无缘无故就生气吧？

小 A 妈妈说：那倒不会。

我问：那你能不能具体说一件小 A 生气的事。

小 A 妈妈说：比如，我叫她弹钢琴弹五遍，她就说弹三遍。我说不行，她说那就不弹。我说一定要弹，她就拗在那生气，要么就哭。

我问：那她一直闹脾气，就不弹，你会怎么办？

小 A 妈妈说：我忍不住就会骂得很凶，甚至会打她。这时候她只好边哭边完成我的指令。

我问：就事论事，你觉得管理小 A 弹钢琴这件事，你作为一名管理者，存在什么问题？

小 A 妈妈说：请校长明示。

我问：你是不是自己不会弹钢琴？你是不是经常临时地突击布置弹钢琴的任务而不是采用周详的学习计划

事先规定？你是不是每一次都不与小A商量而按自己的心愿布置任务量？你是不是对小A弹钢琴这个学习项目上要求与批评多于欣赏与肯定？

小A妈妈说：校长都被你说中了。

我解释说：管理者一不会学习示范，二不会计划，三不会民主，四不会激励。长期在这样管理模式下的被管理对象不生气不抗拒才怪呢。

小A妈妈说：校长，你是告诉我，要站在管理的角度来改进对小A学习弹钢琴这个项目的管理，是吗？

我说：要让小A完成弹钢琴的任务，从有效管理的角度来规划会短时见效，而要让小A乐于弹钢琴，就要从教育的角度来引导，主要培养小A弹钢琴的兴趣。

小A妈妈说：我明白了，谢谢！

洞见：父母面对孩子的学业常常存在以下问题：

  1. 教育不当。

  2. 管理不当。

  3. 误把管理当教育，即只有管理没有教育。

09
小 A 的自我意识

小 A 妈妈给我发来一段话：

小 A 告诉我，"妈妈，我告诉你哦，林校长和我很好的呢！"说完，摆起一副自豪的样子。我说："校长本来就对每个小朋友都很好的呀。"小 A 不以为然："校长还让我去他办公桌拿糖呢！""然后呢？""我说我不喜欢吃糖。"小 A 会这么回答倒让我很惊讶，我心想："小妮子终于意识到得减肥了！因为我知道她有多喜欢糖。"但我还是和她说："你说不喜欢吃，校长可能会伤心失落的，你可以和校长说谢谢，去拿了带回家好好保管起来……"我还没说完，小 A 立即纠正："不是不是，我不是真的不想吃，我只是，只是……太害羞了。"哈哈哈哈，我忍不住笑出声来。

我回复小 A 妈妈：小 A 真讨人喜欢。

洞见：很多时候，孩子的某些行为，都是为了满足自己的需求，这些需求可能是安全感的需求，可能是生理的需求，建立某种关系的需求，被认同的需求或是其他的需求。小A一边有着想吃糖的需求，一边有着想留给校长一个很懂事形象的需求，当两个需求冲突的时候，小A选择了满足留给校长好印象（即使小A认为的好印象是凭自己的直觉或经验支配的）这一需求。在这个选择的过程中伴随着小A的是兴奋的、愉悦的、自豪的心情，并且小A是瞬间做出的取舍，可见，推动小A瞬间按照自己更高一级需求决定的言行来自小A已经养成的自我意识。随喜小A已经有一个强有力的自我，能够在某些特定的情境下自动创造更美好的自我。

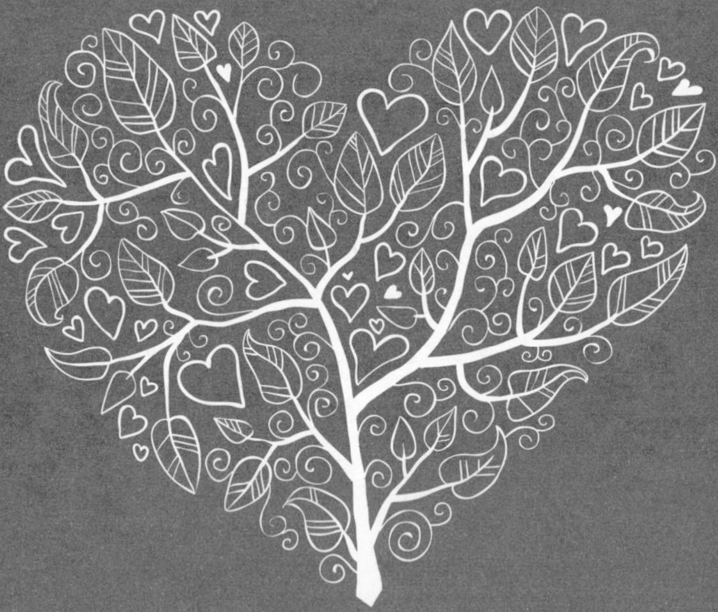

> 相信孩子一定能成就自己,这份相信的力量总会因外在因素的变化而不断变弱或变强。如何让妈妈永远保有相信的力量?妈妈就必须相信相信的力量,这是妈妈对自己的信心。

第二章

01. 慢吞吞的小E
02. 陪伴是无条件的
03. 荒唐的"善意"
04. 发问的艺术
05. 斗来斗去
06. 交往障碍
07. 祝福你,小男孩!
08. 可怕的"爱"
09. 相信相信的力量

01
慢吞吞的小 E

小 E 的妈妈要送小 E 去上培训班，我看到小 E 妈妈不断对小 E 大喊："快点！快点！快点！"可小 E 却是慢吞吞的，有点不理睬妈妈的催促。小 E 妈妈开始发火："再不走，就不要去了。"小 E 毫无例外，还是慢动作，一脸不高兴。我看到小 E 被小 E 妈妈拉上车，车发动开走了。

看着载着小 E 的车渐渐消失在我的视线里，我心中有一种真切的觉察：小 E 妈妈叫小 E 快点快点，就是小 E 慢吞吞的原因。

洞见：你要我快点，我偏要慢点，真的是这样的吗？当"快点"是父母的意志，而父母想把这个意志强加给孩子时，就是强迫。孩子就会选择"慢点"作为自己的意志，这是孩子对父母强迫的反抗。你要我快点，我偏要慢点，就成了小孩力求实现自己独立意志的一次次演习。培养孩子具有独立的灵魂比什么都重要，因为生命的根本动力是做自己（英国心理学家温尼科特认为，一个孩子若以自己的感受为中心构建自我，这就是真自我；若以妈妈的感受为中心构建自我，就是假自我），因此父母哪一天停止强迫孩子服从自己，就等于停止了对孩子的生命根本动力的干涉与伤害，孩子哪一天就会放下防备与对抗，重获心性的自由与真自我的快乐成长。

02
陪伴是无条件的

一个妈妈（她有两个孩子，一个六岁，一个七岁。）问我："什么是真正的陪伴？"

我反问："你为什么问这个问题？"

她说："我和我老公为打拼事业一年四季到处'飞'，陪孩子的时间的确很少。大多时候是爷爷奶奶带着。老人对我们有意见，说我们不管孩子。我觉得我们努力工作，拼命工作，给予孩子一个很好的榜样，这其实也是一种教育的力量。给到孩子力量不也是一种陪伴吗？难道非得与孩子天天黏在一起才叫陪伴？"

我说："你不用去讨论什么是真正的陪伴，你与孩子的情感的链接不是讨论可以证明的。因为爱是无条件的，陪伴也是无条件的。你要去感受，感受一下你陪孩子看书或玩耍或常去接孩子放学时，孩子是否更快乐？孩子对你是否有强烈的情感需求？如果你感受到孩子更快乐，对你有强烈的情感需求，你就知道你的陪伴对孩子来说是多么重要。妈妈的陪伴是一个儿童安全感和自我价值感养成的必要条件，这是其一。其二，与其说是你在陪孩子，还不如说是孩子在陪你，你反思一下，你为什么会忽略陪伴孩子本身就是非常幸福的差事这样的体验？陪伴这样的差事相比事业里繁忙的差事，其背后意义的区别在哪？这份相互陪伴的天伦之乐是不是也是成就自己柔情万般的智慧的源泉？"

她说："我回去消化一下。"

洞见：在养育孩子的路上，父母的陪伴是手段还是目的？
　　　陪伴如果是手段，它就是干预，就是控制，就会功利，就会刻意，就会在意陪得多还是陪得少，就会苛求下一次的陪伴质量。陪伴如果本身就是目的，它就是有趣的生活，它就是情感的交流，它就是一种常态的自然发生的相爱的互动关系，它不必担心陪伴的数量与质量，它的发生是友好的、共赢的，它的发生是无条件的。

03
荒唐的"善意"

有家长咨询：你好，校长，我孩子 7 岁，下半年准备上小学，今天幼儿园老师打电话给我说，要独立分开让他一个人坐了。听老师说，今天的情况是这样的：他主动坐到一个小朋友边上玩，玩耍的时候，对方不小心碰到了他的鼻子，他就推了一把小朋友，小朋友撞上桌角，疼哭了，今天老师安排位置，都没有人愿意和他坐一起，都不喜欢他。像今天这样的事情已经发生好几次了，小朋友不小心碰到他的脸、鼻子什么的，就一定要去打回来，有时就会把小朋友打哭。然后每次老师教育的时候，认错态度都很好，让老师都很不忍罚他，但教育过后就忘记又犯。我也支持老师的做法，先孤立他。可我又有点矛盾，也不知道这样是对是错！

吾：这是一件小事情，为什么那么紧张？他推一把，又不是故意的。他还这么小。

家长：孩子就是这么说的，他不是故意的。可小朋友都看到了，大家都说他打人。

吾：他为什么会出手那么猛那么重？他的这份向外寻求攻击性的情绪来自哪里？

家长：我就是不明白。

吾：作为母亲不冷静地站在孩子的角度去理解孩子，疏导孩子，反而在没找到病因的情况下采取孤立孩子，你这样做是为了什么？孤立他这样的惩罚能给孩子带来恐惧，还是温暖？惩罚会不会使他与其他小朋友断开友谊的链接，反而会变得更加具有攻击性。

家长：作为妈妈，说实话，我有这方面的担忧。

吾：反复的说教会让孩子自责与怨恨，你可以用游戏，用布娃娃当他的同学，引导他复制出白天发生的情景，或你当他同学，经常玩一玩被他攻击而痛苦的游戏，引导他如何调理自己的情绪以及如何与同学链接友好的情感。多玩几次。

家长：好的。

吾：周末组织几个小朋友和你孩子一起郊游呀或去游乐场呀或来你家分享玩具与美食呀，一定要把讨厌他的那几个叫上。多组织几次，孩子就合群了，回归团体了。

家长：我知道怎么做了。谢谢。

洞见：人孤立人是人与人划清界限。这是一种精神惩罚，它是惩罚者对被惩罚者的放弃，它动用的是冷漠、冷暴力的力量。母亲、老师、同伴同时对一个弱小的儿童进行集体放弃，进行集体冷漠，这是多么荒唐的人间"善意"。

04
发问的艺术

一个妈妈找我，询问我：她孩子说在学校没朋友，很孤独。怎么办？

我问：几年级？

她说：小学二年级。

我问：他会不会觉得其他小朋友欺负他？

她说：是的。常听他说，班上小朋友说他这么没用。

我问：他被欺负时，他怎么表现？

她说：一般默默躲起来。

我问：在家也是这样吗？

她说：被老爸骂，被哥哥数落时，也是默默躲起来。

我问：你是不是担心他性格会孤僻起来？

她说：是的。

我问：你越担心，就越会询问他在学校有没有被欺负。一听说他又被欺负，你就越担心，越担心越会埋怨他的同学，越会指责他没用。在你的担忧的认同下，他越埋怨自己或同学，他与同学就会越孤立。是不是？

她说：是的。

我问：你如果反过来想，你儿子以退为守，不一定是害怕，而是懂得人情世故的成熟。他不愿与别人冲突，他有很棒的隐忍能力，他的这种默默躲起来的自我保护，会促进他独自面对自己情绪时，冷静能力的发展。你这样一想，不觉得他有自己独特的命理与个性吗？

她说：我从来没这样想过。我一听他说孤独，我就陷入埋怨和担忧的情绪。

我问：你有没有观察过，他是不是很少夸奖、欣赏班上的同学？

她说：是的。

我问：你和他爸和他哥也很少夸奖和欣赏他，是吗？

她说：我们对他都很严格，总是说他。

我问：你知道他在家里其实也是很孤独吗？是吗？

她说：这？

我问：你是不是从来不让他参加一些同学聚会，从来没让他把同学带到家里玩？

她说：非常少。

我问：他的孤独自处以及常常躲起来，根源在哪？知道如何帮助他融入同学吗？

她说：请明说。

我说：我们必须立即改变对他的看法，不要说他没用，不要担心他。担心其实是大人无能为力以及对孩子的不信任。大人要相信自己的福报,孩子的福报,大人要学会欣赏他,他才会学会欣赏家人和同学,一欣赏,他和家人和同学的距离立即贴近。心理距离一拉近,戒备心就放下了,戒备不在他就会自由发挥,儿童的天真与纯真立马显现。一旦体验到这份与家人与同学无忧无虑的快乐,他的孤独感就会烟消云散。

洞见:不断发问,是站在咨询者的立场,是一种真正的支持,不仅激发咨询者的自我反省,而且能实现真正的教练。它胜过滔滔不绝的阐述与说教。

05
斗来斗去

　　家长咨询：我很抱歉在这样一个周末打扰你，可是我又实在是心里难受得很。下午 1:00 她要去电视台跳舞，12:30 的时候我开始提醒她准备，喊了三四次都充耳不闻。那我就告诉她 12:40 我们要出发，不然的话我就自己走了。然后她就开始哭。她现在常常用哭对付我。有时哭得那叫一个天崩地裂、地动山摇。我不止一次地告诉她：如果想通过哭得到你想达到的目的，那是不可能的，她也知道这个道理，但哭还是她的常态。当事情冷却下来，想要找她好好沟通的时候，她往往一言不发，低头看脚，能憋几个小时，任由你怎么说。

　　吾：你总是和她斗，于是她也和你斗。你想赢她，非得让她服从你。结果，她潜意识里：我斗不过你，但我哭得过你，我沉默得过你。总之，她用这样让你难受的方式来平衡"你给她的难受"。

　　家长：有道理的，只是很多时候我是无意识的。

　　吾：你常常从假生气逐渐升级到真生气，最后以威胁结束。而孩子已经无视你的情绪，只等你达到爆发点，她才用哭来呈现她的情绪或也用哭来威胁你。威胁来自威胁。

家长：就是这样。

吾：不要再斗了。母女相互威胁最后是两败俱伤，一损俱损。

家长：好。我深刻反省。

洞见：大人威胁孩子往往是一个家庭的家常便饭。而小孩威胁大人往往也是这个家庭的家常便饭。斗来斗去本质上是家庭权力之争。大人要求小孩的时候往往设定了一个权力边界，孩子一旦越界，大人往往不给予小孩谈判，用威胁或打击的方式捍卫自己的领导权。孩子要么害怕而乖乖就范，要么运用自身武器（比如哭、耍赖等）反抗以自卫，前者养成懦弱与冷漠，后者助长极端情绪与冷漠。

06
交往障碍

有家长咨询我：孩子在学校总是会惹恼别人。总是在同学不注意的情况下，突然袭击同学，从背后推同学一把或打一下同学。有时同学被他惹火了，就还击他。他就会和同学打起来；有时把同学打哭了，而他不会哭。老师和我都批评他并和他讲道理好几次，但他都没有转变。现在他的同学们都不愿和他相处。我很焦虑。

吾：是男孩子吧？是小学一年级？

家长：是小学一年级，是男孩子。

吾：他攻击与打架的对象是男同学为主吧？

家长：是的。

吾：他幼儿园的时候是不是也经常这样？

家长：幼儿园时，他在一起玩的都是女孩子，矛盾不多。现在一年级，女孩子都不和他玩了。

吾：小时候，他爸爸是不是不和他玩游戏，爸爸陪伴得很少？

家长：基本上是我带的，他爸忙着做生意。

吾：你是不是经常对他很凶，而他常常躲起来生闷气？

家长：是的。

吾：你孩子存在交往障碍。由于他与男同学交往少，对男同学反而有极大的热情与好奇，可他从小又缺少与男同学游戏交往的经验，他与男同学的交往很容易演变成为"无理取闹，惹事生非"。这是其一。其二，他每一次与同学冲突中的防卫过当，是你平常对他"凶"造成的无力感以及日久积累的压抑的情绪向外发泄促成的。他对别人对他"凶"有极大的反感，并且越无力反而越先发制人。他其实没有恶意。

家长：那我该怎么处理？

吾：你可以多组织一些小型家庭聚会，邀请他的一些男同学参加，组织他们玩一些合作的游戏或让他与同学分享一些他的快乐与伤心，如生日快乐、帮助别人、求助他人。你与他爸爸可以与他玩一些模拟同学冲突的游戏，在游戏中学习交往的幽默与自信。

家长：好，我试试看。谢谢。

洞见：遇到交往障碍的孩子，我们大人该怎么做？

1. 一定不能给孩子扣道德不好的帽子，把他归类为坏学生。这会造成群体歧视，孩子的交往会雪上加霜。

2. 交往障碍往往是同伴情感链接失败的表现，每一次失败都会加剧孩子的孤独感、无力感，这时候我们大人要有同理性，并且不要急于求成。

3. 增加孩子与同伴私下交往的机会是非常必要的，与同伴玩合作的游戏，与同伴分享是重要途径。口头批评与说教不仅是无效的，而且会增加他的无力感。

07
祝福你，小男孩！

一位家长（妈妈）咨询：

我家小男孩，上小学三年级，上课爱说话。上周四又因为这个问题，课堂作业也被老师没收了，老师要他承认错误才还给他。但是他不但没去找老师认错，接下来的几天上课就去画别人的作业本，或者把别人的作业本抢过来做，同学跟他吵，他还把同学的书包也扔到教室外面去。老师说快被他气死了。我昨天晚上跟孩子沟通，他除了掉眼泪就是死不认账。我该怎么办？

洞见：

一、 发问。根据妈妈叙述，我来疏理一下整个事件中的小男孩一系列的表现：1.上课讲话影响上课。2.作业本被老师没收后不理睬老师。3.将情绪转移到找同学的碴。4.与同学吵架并恼怒扔同学书包。5.在妈妈面前委屈流泪并不觉得自己有什么错误。通过以上的疏理，小男孩正面临人际关系的困境：老师、同学、妈妈与小男孩之间关系紧张，一触即发，有明显的对立倾向。这样的困境非一日之功。这是怎么发生的？

二、区分。随着小男孩年龄的增长，自我意识也随着增长，面对紧张的人际关系，他要么顺从，要么抗拒。他如果顺从，立马会拿到老师同学眼里遵守规矩的入场券，但这会压抑了他的自我意识。他如果抗拒，虽然自我意识得到强化，可是会处处碰壁，自我意识也会被扭曲。

三、反馈。小男孩遭遇的困境具有普遍性。是大多孩子第一次自我意识觉醒与群体意识的冲突的后果，结局往往是小男孩处处碰壁，逐渐被驯服而变"乖"，要么变成离群孤僻、叛逆。这是残酷教育现实的缩影。

四、结论。解铃还须系铃人。只有同学、老师、妈妈共同担当起"治病救人"的神圣的爱的责任，主动从与小男孩对立的关系中转为共同创造一个温暖的、尊重差异的、为了规矩和秩序而不压抑自我意识的群体，共同守护"爱人即爱己，利人即利己"的群体生活在一起的基本价值，小男孩就能从群体中获得纯粹的爱，从对立中走出来，融入爱的集体生活，成为爱的一部分。

后记：妈妈听从了我的建议，愿意为了小男孩付出最大的努力，积极与老师和小男孩的同学沟通。我默默地祝福小男孩能从残酷的教育现实中如履平地，健康成长。

08
可怕的"爱"

家长咨询：林校长！最近小A做作业经常要催促他，而且不自觉，总会漏掉部分作业。前两天他把作业本落在小B家，我早上送他的时候提醒几次让他去小B那拿回来，结果发现今天还是没拿回来！我几次问他作业本没带回来怎么办，他没有吱声。和他好好说话他就呆着，于是我忍不住发火，而且还打了他，但是每次发了脾气以后我就觉得不该动手！可是一时又忍不住。这个学期小A明显自觉性太差。

洞见：以上家长的描述，她是让我帮助她转化她的担心、难过、抱怨、情绪失控的状态，还是要我告诉她如何让小A在家自觉认真地完成作业？造成家长担心、难过、抱怨、情绪失控的原因真是小A完成家庭作业不自觉不认真吗？小A完成家庭作业不自觉不认真这是一个判断，来自哪里？这个判断来自家长内在对小A的不满，于是家长为平衡自己内在的不满就会强硬要求小A服从，这一刻，服从就是好孩子，不服从家长就会由不满转为生气。家长内在不平衡而寻求平衡的过程根本不是爱，根本是在索取。如果索取不成功，生气会转化为不安与担心。越担心小A的学习自觉性，家长就越只能看到小A不自觉学习的一面，小A自觉学习的一面家长是看不到的。结果家长越担心，小A不自觉学习的一面越被强化，小A自己也会认为自己不自觉，也会对自己不满、抱怨、担心。这就应了那句：你担心什么事，什么事就会发生。

结论：要让家长看到小A学习自觉的一面才能真正转化小A的不自觉。家长要：第一停止抱怨。第二停止不满。第三停止索取。第四发现小A自觉学习的本来的一面。

09
相信相信的力量

小A妈妈：班主任老师说孩子比较调皮，很多任课老师基本都会批评到他，有很多的小毛病，比如上课会发出一两个怪的声音，老师批评他会顶嘴，带头跟同学起哄……在家里我也经常苦口婆心地跟他说要怎么样怎么样，他当时也答应说不会再顶嘴，不会再打扰老师同学上课等等，可是一回学校似乎又忘记了。

我：你表述了孩子不好的表现，那你孩子有什么好的表现？

小A妈妈：在学校我不大清楚，问老师基本都是这样的反馈，但是成绩是中上，上课也会举手发言。体育方面比较擅长。

我：继续说。

小A妈妈：在家里的话他自理能力很好，很聪明，很多东西一学就会。我觉得他可能就是控制不住他自己，很多道理一说他都懂。我也不敢啰里八嗦说太多，怕说太多反而起到反作用，孩子听多了也不爱听。

我：再继续找一找。

小A妈妈：他天真很善良。可他现在三年级了，我怕他继续这样捣蛋下去成绩会跟不上，经常被批评，也怕他被同学看不起。

我：看到他的好，促使他也看到自己的好。他的好越来越好，他的不好就不会影响你的情绪，你就能相信他会越来越好，他就真的会越来越好。

小A妈妈：对，明白了。不能一味盯住他的不好不放。反而，我要看见他的好，就不会担忧的，我就能欣赏与相信，就能转忧为安，有了我源源不断输出相信的力量，我就能乐见其成。

我：相信相信的力量，就能母子同乐同心同进步。

洞见：相信孩子一定能成就自己，这份相信的力量总会因外在因素的变化而不断变弱或变强。如何让妈妈永远保有相信的力量？妈妈就必须相信相信的力量，这是妈妈对自己的信心。

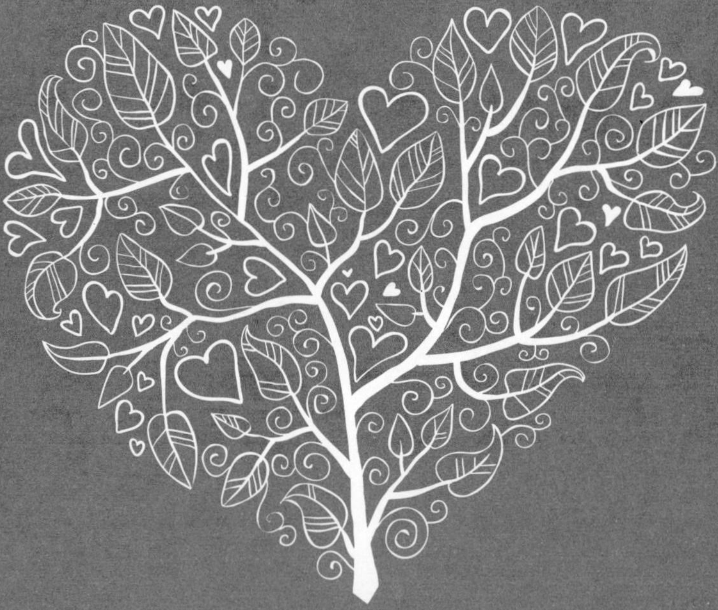

> 一个处在学习失败处境中的孩子再加上一个没有共情能力的妈妈，孩子的精神负担可想而知，更令人窒息的是，妈妈不仅不施以援助，反而是用责备表达对孩子的不满，孩子从此雪上加霜，从此与家庭深深地分离，并长期进入叛逆，在僵持中或屈从家庭的权威自暴自弃，或放弃家庭而我行我素，这也是家庭教育中相爱相杀的一种情形。

第三章

01. 相杀
02. 适当点拨
03. 两个抵触
04. 谁会选择吃苦？
05. 谁发起了父女之间的战争？
06. 用身教替代言教
07. 小A妈妈与小A爸爸的争吵
08. 小A妈妈的担心
09. 不能让孩子无辜受罪

01
相杀

小A妈妈：林校长，您好！好几次想联系你，想把儿子送过来让你帮忙开导开导，主要是学习动力不足，学习懒散，严重叛逆等，现在初三了，我很焦虑啊。

吾：他这种状态什么时候开始的？

小A妈妈：读初中以后。

吾：成绩如何？

小A妈妈：在班里算差了。

吾：假设你上初中时候，处在他目前的学习处境中，你会表现出怎么样的状态？

小A妈妈：我没有他聪明，但我比他努力，在这种状态下，可能会更努力，而儿子面对这种情况，是不努力的。

吾：你看，你一直在指责孩子。你没设身处地地进入他的处境。你就没有共情，你找不到帮忙的口子，就帮不上忙。

小A妈妈：是的，对他的很多做法很不理解，每天吵。

吾：感受他的压力、恐惧、焦虑、挣扎、无聊、讨厌、抗拒等，你才能够找到使上力的焦点与爱的方法。

小A妈妈：面对老师们的投诉，我也压力大，焦虑。

吾：他目前就像掉队的失败者，一个失败者，怎么努力？他呼吸都困难或他都陷在沼泽里，怎么努力？只有一个人一直不放弃他陪着他向前一小步一小步地跑，关键时再拉他一把，他才能有一点勇气或坚持的可能。那个人在哪？是谁？而你目前也是一个失败的妈妈，焦虑不安愤怒抱怨。两个失败者互相压迫，结果如何？

小A妈妈：我知道应该自己先改，但看到他的种种不是，沉不住气，修炼不够，初三了更急。

吾：你作为妈妈，在教育的路上，必须要有自我成长觉醒的勇气与自觉超越焦虑的行动，这就是爱的开始。不给孩子松绑，不援助孩子，孩子是无法振作起来的。

小A妈妈：好，我努力体会你引导的。

洞见：一个处在学习失败处境中的孩子再加上一个没有共情能力的妈妈，孩子的精神负担可想而知，更令人窒息的是，妈妈不仅不施以援助，反而是用责备表达对孩子的不满，孩子从此雪上加霜，从此与家庭深深地分离，并长期进入叛逆，在僵持中或屈从家庭的权威自暴自弃，或放弃家庭而我行我素，这也是家庭教育中相爱相杀的一种情形。

02
适当点拨

小 A 妈妈咨询：刚过去的一个学期，让我对孩子的问题又添了不少的焦虑，他表现出：1. 没完成的作业对老师说谎落家里没带。2. 做作业时如果家长不近身陪伴就不能好好地独立完成，就算是在同一个房间，但如果不是跟他一起做，那么他要不做到 10 点、11 点，要不就质量一团糟。3. 特别喜欢帮助别人，而且是帮得过头（他的老师会收到被帮同学反而投诉他的事）。4. 话多、有的没的都说，随心所欲式的。5. 学习的态度很阿 Q 精神。

吾：请同时告诉我，他有哪些优点？

小 A 妈妈：1. 热心。2. 暖男（他会给家人准备早餐，而且会弄得很丰富，煎鸡蛋、煮鸡蛋、鸡蛋羹，知道我喜欢淡的口味，还会特意煎一个不加盐的。）3. 会为别人着想。（他会告诉我，妈妈你不要跟别人说老师不好，我们要给她改正的机会。她心里是想我们好的。)4. 会夸外公的西瓜种得好吃，夸外婆、奶奶菜烧得好吃，会说好话，哄人。

吾：你看到的好都是孩子的人格与心性，是他内在的精神结构。你看到的所谓不好，都是他外在的你不喜欢的学习状态。你看到的不好是很主观的、带有偏见的，往往是由于你对他的担心与不满足引发的。然而你一旦看到孩子的好，一定会平和理性起来，而自动走出对孩子的担心与偏见。

小A妈妈：做到平和而乐观对目前的我来说确实需要一定的时间修炼。特别是他姐姐在学校年年是模范生，这一反差太大。

吾：我们的欣赏对孩子来说就是冬天的太阳。我们的担心与不满足，对孩子来说，就是冬天的北风与冰雪。每个孩子都是独一无二的，如果去比较，那就会产生"人比人气死人"的担心与不满足。爱孩子，就要欣赏他信任他接纳他，你这份爱一定能让他更爱自己，一定会成为他前进的动能。作为妈妈应乐见其成，你儿子自带光芒，不用担心。

小A妈妈：俗话说，"龙生九子各有不同"。我要学会允许并承认他们是不一样的。感谢林校长的点拨。

洞见：焦虑的时候，一定是被负面情绪控制而失去理性光芒的时刻。这时候，如果外在能给予一份理性的支持，适当点拨，一定会起到拨云见日的功效。

03
两个抵触

微友 A 咨询：林校长，最近和孩子沟通，发现一个问题，孩子觉得有几科老师有点针对他，认为自己受到了不公正待遇，却不敢去和老师沟通，也看不到自己的问题，思想上有抵触情绪。你怎么看这个问题？

我：孩子学习情绪反应如何？

微友 A：我感觉他有点低落，有点抵触。他的数学老师可能是因为教学心切，每周五放假前都会把不专心的、知识点掌握不牢固的或者他认为表现不好的同学留下来，孩子心里很不舒服，感觉特别不喜欢这个老师，且认为老师在课堂上骂人，侮辱他们。

我：对老师的抵触与对学习的抵触，造成这双重抵触，除了老师的因素外，还有其他很多因素，你仔细想想。

……

洞见：一个学生对老师的抵触是对关系的渴求失败后的平衡，也就是说对与老师建立美好关系的渴望消除后的向外抱怨，这是为心理平衡产生的正常性焦虑。一个学生对学习的抵触是自我学习匮乏或自我学习压力过大后的情绪反应，这种消极的反应如果持续过久，就会演变为非正常性焦虑，而造成极度厌学。两种焦虑同时交织在一起的话，学生的负面情绪反应就会变得强烈，对学习沮丧与对老师关系逃避在所难免，如果不及时止住这向下循环的情绪旋涡，孩子就会被淹没而放弃好好学习天天向上的自我。

04
谁会选择吃苦？

家长A：我家孩子怕背诵，怕了又不敢去面对，又偷懒，就是没有去正确认知困难，我引导了也不是太听。

我：有些学习事项，与她的天资有关，不能勉强。

家长A：但是态度要端正，我觉得我家孩子还是没有太努力的，老嫌学习任务多。

我：你只看到她在你面前的一面，这一面还带点撒娇，你不急，她就不急，你理解她的状态，她态度就会端正起来，这都是很好的支持。

家长A：我算是很理解她了，所以也不严管，但是有困难就逃避这样的习惯不能有，她学是想学好的，有好成绩的时候，也会很开心，就是有点吃不了苦。

我：吃苦精神怎么培养？吃苦能力怎么培养？

家长A：上次去沙漠，她说后悔死了，早知道是这样，就不去了，下次有这些活动我还要让她去。她当时说，校长说了有汽水喝，才去的。

我：这是孩子的调侃。戈壁徒步还是很有乐趣与成就感的。不过富人的孩子，吃苦精神的培养任务是十分艰巨的。这个年龄段的孩子只有感受到吃苦的快乐（成就感），她才会去尝试挑战现实中的苦。另外，如果要在学习上发愤图强，只有培养她的兴趣，有了兴趣就有主动性，有了兴趣就有了机会开发潜力，久之，学习就很容易全然投入了。所以一般情况下，想让孩子吃苦，都是父母老师一厢情愿，孩子一般不领这个情。久之，反而造成大人与孩子对立。

家长A：是的。

我：所以我做了那么多把苦当作玩的课程。如军训、魔方、特长班训练、登山护蛋、舞龙、徒步、跳绳等等。

家长A：我明白您的苦心！所以学校活动我一直都是无条件支持。

我：你对女儿关注细腻起来了。

家长A：教育难就难在度的把握上，有时候想女孩子必须要学会吃苦，有时候想过度耐扛，又让人心疼，变成了汉子！

我：没有一个孩子会主动选择吃苦的事，没有了解就不会理解，没有理解就没有爱！你的孩子可能就一辈子都不用吃苦，也能平安富贵，那是完全有可能的呀！

家长A：嗯。

洞见：如果不是为了更高的目的，谁会选择吃苦？我想，绝大多数人都不会选择。一个没有长大的孩子，他的心中还不足以产生更高的人生目标，所以，让孩子吃苦，其实只有靠逼迫或绑架，而这非孩子主观上情愿承受的苦。不仅培养不了孩子的勇气，反而会给孩子心灵造成极大的创伤。这因小失大的教育太可怕了！

05
谁发起了父女之间的战争？

好友 A 问我：我家女儿，上五年级以来，总是硬嘴，我叫她不要玩手机，她也不理不睬。有时还很有脾气地挑战我，害得我不得不拉起脸子，有时还想把她揍一顿。在她面前，我越来越觉得没有了权力感以及父亲的威信。我还担心，她现在都不给我好脸色，将来长大了，还不骑到我头上去？

我听得很认真，我强烈地感受到了好友与女儿之间的家庭权力争夺战，已经打响。我也感受到这场战争给好友带来了为人父亲的焦虑。因为没有一个父亲愿意整天与女儿发生这样不愉快的战争，也没有一个父亲愿意打输这场战争，可是也没有一个父亲不害怕万一女儿输了这场战争后，可能发生诸多的不良影响将损害女儿的心灵成长。因此，好友在这场战争中产生的内心矛盾与不安，是属于正常性的焦虑。

我说：你与女儿的这场战争是伴随着女儿自我意识成长中必然发生的。随着女儿的长大，她在家庭中的地位需要、身份认同以及自由度都在不断扩张。你为什么会感觉到被侵犯以及感觉到家庭控制权丧失的威胁，是因为女儿地位需要、身份认同以及自由度的扩张速度过快，一下子超出了你的心理承受的界限。而女儿在扩张过程中如果遇到你的阻碍，她势必就想突破与突围，她其实无意冒犯，这是她自我意识成长中的勇气与魄力。然而，如果你执意或强硬地继续努力，不让她扩张，她也会强烈地反抗，甚至会情绪失控产生坏脾气，她的这份不尽人伦的反应的背后是勇气的丢失，内心害怕的升腾。孩子抗争失去理智的时候，往往是她内心被无助的害怕笼罩的时候。

好友 A 听得很认真。

我继续说：你女儿在成长中扩张她在家庭中的地位、身份认同以及自由度，有错吗？你觉得这场战争是由谁发起的？是你，还是你女儿？如果这场战争中，你赢了，你赢了什么？你女儿输了，她输了什么？

好友 A 陷入沉思。

洞见：孩子从儿童走向青年的成长中，会很自然很努力地扩张她在家庭中的地位、身份认同以及自由度，这是没有错的，促使孩子完成这些扩张本也是为人父母的责任与期盼。因此父母与子女之间的家庭战争往往是由父母发起的，因为父母一下子不适应由孩子在家庭中的地位、身份认同以及自由度的扩张产生的分离感和权力威胁感。如果这场战争止于父母的明智撤退,那是皆大欢喜,如果这场战争中的父母非赢不可,那结果一定两败俱伤,非常可怕的是孩子会在失败中放弃她在家庭中的地位、身份认同以及自由度的扩张,从而放弃长大的努力以及放弃与她年龄相称的本应该由她承担的家庭责任。

06
用身教替代言教

小 A 妈妈咨询我：如何在家里支持孩子养成良好的学习习惯？

我问：在你所谓的"良好的学习习惯"里有哪些愿景？

小 A 妈妈兴奋地描述了很多关于孩子在家自主阅读呀、自主增加学习内容呀、很积极地上网检索呀、会打电话给老师讨论学习呀、对体育运动十分努力呀等画面。她说那就是她想要的。

我问：我听到了很多关于孩子怎样怎样的学习画面，可在这些画面里，什么是属于你参与的结果呢？

小 A 妈妈没有回答，陷入沉思。

我问：假如你是孩子，你想要一个怎样的妈妈呢？而在你心目中，那个最理想的母亲形象是怎样的呢？孩子期望的妈妈形象与你自己设想的妈妈形象之间有哪些冲突？面对冲突你会去首先满足孩子的需求吗？或者你会怎样努力去成为孩子心目中那样的妈妈呢？假如接下来的每一天，你都让自己完完全全地活出那样的妈妈状态，你孩子的学习习惯会有什么改善？假如这些都实现了，你有一个明确的答案送给自己，你会对自己说什么？

小A妈妈说：我先让自己成为那个拥有良好学习习惯的学习者，用身教替代言教。

我说：祝贺你领悟到了家庭教育的真谛！

洞见：要让孩子成为你想要成为的人，那你就先快乐地、勇敢地成为那样的人，这就是用身教替代言教的全部内容。换句话说，在家庭教育中，父母精神性的榜样力量就是让孩子自觉地成为像父母一样的人的强大拉力，这就是身教的强大力量。

07
小A妈妈与小A爸爸的争吵

小A妈妈咨询：我有一个问题想请教你，我家小A在读一年级。在我看来还算是比较乖的，除了和弟弟在一起就会生气，暑假里在家时间比较多，爸爸平时厂里忙，但一有空也都会陪伴孩子，只是最近我看他越来越窝火，感觉只要孩子一空下来他就难受，问他各种学习的问题。比如让他去写字、读英语等等。然后就各种的批评。就像刚刚早上在饭桌上爸爸又开始了，小A你把桌子上的东西用英语说一遍。孩子愣住了。我说这上面好多东西没学过，然后爸爸就开始发火了，说我老是给小A辩解，然后就变成我们的争吵。孩子平时明明会的，在一喊一凶后可能紧张吧，就老读错。我也是不想和他吵，但是看孩子被逼着读课文又太可怜了。林校长，我应该怎么去沟通？

我回复：1.你要先肯定老公对儿子的关心与关注，即使老公教育方式上欠妥，但这是父爱的一部分。2.你要了解一下老公在教育儿子时心情急躁的源头，不一定来自孩子当时的不佳表现，可能是他最近自我获得感匮乏或快乐匮乏。3.家人之间需要增加了解，了解了才能满足对方的需求，你对老公对儿子都一样要不断深入他们的内心。你老公也应该多了解儿子与你的内心，了解深入了，爱的方式就自然十分恰到好处。4.要区分夫妻在儿子教育问题上的争吵是否是夫妻之间的问题，这与儿子当时的表现无直接关联。你可怜儿子，很可能是你对老公的不满以及对儿子的担忧造成的，老公不听你的劝告也是因对你不满造成的，你们夫妻都因对方不信任不认同造成委屈，两人委屈多了，就会彼此容易迁怒对方，吵架一触即发。

小A妈妈：我好好消化一下。谢谢！

洞见：家庭成员之间的争吵表面上只是意见不和或者是情绪冲突造成相互指责引发的，其实背后的真相往往是：

1.家庭成员都以自我为中心，彼此很陌生，缺乏沟通了解，不会在关系互动中先满足对方需求。

2.彼此美好的情感体验在不断降低或者在关系互动中长期处于由于对方造成的委屈状态。

3.由其他压力造成的生活压抑或心里焦虑往家里倒。

08
小 A 妈妈的担心

小 A 妈妈咨询：林校长，请教您一下，我家儿子做作业马虎，做事不认真，拖拉应该怎么引导好呀？

我：几岁？

小 A 妈妈：10 岁，在学校表现好一些，在家里写一篇作文会花上两个小时，一会儿说要喝茶，一会儿说要上厕所，磨时间。

我：学习成绩如何？

小 A 妈妈：学习成绩还好，二年级学期期末考试语文数学都是 98 分，数学是全班最高分。

我：我觉得，可以改变你对儿子的观察方向，你看到的就是一个新的儿子。

小 A 妈妈：特别看到他写的字跟画花一样，我就更发火了，说明他学习态度不好。还有就是他想学的东西很多，但学了之后却不能下功夫。我觉得这些问题突显得越来越明显了。

我：我觉得你对儿子的担心，是你自己焦虑的投射，是你自己对未来缺少信心的投射，你儿子再优秀，你都能找出儿子很多缺点，来担心。所以，你的担心来自自身心理问题，儿子作业不怎么认真只是诱因而已。你对儿子的担心会变成对儿子的不信任，这直接导致你担心的事情会被强化，因为儿子会越来越讨厌自己作业拖拉等，儿子越讨厌，作业拖拉就越无法修正，因为每一次他觉察到自己作业又拖拉了，他情绪就不好，情绪一变坏，作业都不想做，拖拉就越严重。

小A妈妈：那我现在应该怎么做呢？

我：这么小的孩子，想荒废都没什么荒废。一般来说，儿子玩得越开心，心情很快乐，学习、作业的热情也会相应提高。我觉得，你甚至不用去管他去盯他，让他自由自在成长。另外，你心烦时，可以改变你对儿子的观察方向，你看到的就是一个新的儿子。

小A妈妈：有点儿明白了。谢谢。

我：我觉得你与儿子情感链接少了一些，也就是你从儿子身上反馈回来的内心感动缺失了。多与儿子亲近亲近。

小A妈妈：自从他读小学之后我就开始这样的担心状态了。

我：找回亲情的温暖、亲密与互相信任，才能真正根治你对儿子的担心从而帮助儿子更好地成长。

小A妈妈：太感谢了！

洞见：妈妈对儿子学习的担心，真正的起因是什么？亲情的缺失，那种母子之间温暖、亲密与互相信任的心灵链接感的缺失。

09
不能让孩子无辜受罪

在微信朋友圈,看到朋友转发的一个帖子,许多妈妈情不自禁地表达了在陪孩子做作业时的焦虑。

A:我是老师,我也是妈。总觉得没教过比我儿子还蠢的学生。没办法,气急了就揍一顿。

B:婚前是淑女,大声点说话都不会,现在瞬间就是泼妇一般,每次写作业声音都能吼劈叉。他爸说,你起来,五分钟后他爸比我还大声,我俩只能互相中场休息,告诉自己耐心、耐心、温柔、温柔。

C:儿子刚睡着了,我亲亲他的小脸。有点儿后悔,刚才辅导他做作业时分分钟想抽他的念头。明晚还会如此吗?

D:我已经在上小学的两个孩子的家庭作业辅导中沦陷了,如果有一天,我不见了,请不要找我,我实在是撑不住了。

E:一写作业,就尿尿、拉屎、喝水、肚子不舒服,腿让蚊子咬了,分分钟想揍他。

洞见：妈妈在辅导孩子家庭作业时产生的焦虑，真的来自孩子做家庭作业的又慢又笨又分心吗？表面上看，一定是孩子做作业的不良表现引起了妈妈的焦虑。据我的经验看，真相并非如此。我认为，通常一份关系中的过于强烈的某个问题，是由其他潜藏已久的问题点燃的，也就是说妈妈在辅导孩子家庭作业时产生的焦虑是由妈妈与孩子这份关系中的过去问题所点燃的。仔细分析，妈妈的这份过分强烈的焦虑是日积月累的，有可能妈妈一直在担心孩子的学习，有可能妈妈由于生活压力大而本已处于焦虑状态，有可能孩子越来越表现出对抗或越来越表现出依赖，有可能妈妈自身小时候学习的时候也多半是焦虑不安的，有可能妈妈对自身和孩子的未来没有底气与信心等等。通过以上的正见，不管孩子在做家庭作业时多么慢多么笨多么分心，如果遭到了妈妈的训斥与否定，孩子都是无辜受罪，经常受这样罪的孩子哪来的勇气与美德改善自己做作业的状态？

> 小孩子在学习中具有一些学习障碍，这是人人都会发生的，只是不同的小孩子会不一样。真正的教育在于借学习障碍这独特的真实的情境来实现小孩子日益精进的品质的培养，于是学习障碍就变成了精进神子发芽的土壤。小孩子从此就会日有所思日有所长。

第四章

01. 小 A 妈妈的依赖
02. 让孩子自己作主
03. 让孩子作主
04. 先培养学习动机
05. 儿子的不乐意
06. 我不够好
07. 我不喜欢
08. 点燃小 A 的信心
09. 小 A 妈妈的烦恼
10. 极端的小 A
11. 什么是起跑线？

01
小 A 妈妈的依赖

小 A 妈妈：最近很焦虑对儿子的教育，对我而言他就是我的唯一。不瞒你说，我其实前段时间甚至心里很动摇，想花十几万去杭州民办国际学校，一周过去杭州一次。想给予他最好的，可以倾其所有培养他。以后他出国，我就去陪读。我放弃自己生活的思想准备都做好了。

我：儿子的教育急不来。孩子的成长是有规律的。

小 A 妈妈：我是太在乎他了。是自己太依赖他，母子相依为命，只想尽自己所能培养他。

我：如果在乎变成索取，那就适得其反了。你不快乐，他怎敢快乐？

小 A 妈妈：是的，太在乎了，我也怕爱变成了压力。他快乐我就快乐，现在，反而是他给了我快乐。

我：如果一个妈妈的快乐来自对孩子的依赖，那妈妈就是孩子的负担了。

小 A 妈妈：那怎么办？我觉得他就是我的所有。

我：自己的快乐自己解决。孩子是独立的，不属于任何人。你自我的独立性成长很重要，儿子要的是快乐的、自足的、独立的妈妈。

小A妈妈：我得走出焦虑。

洞见：相依为命的母子往往会由相爱变成相杀，因为母亲对孩子的依赖不是爱不是付出，而是索取与占有，而幼小的孩子又是无力满足母亲的快乐的，母亲就会变本加厉不断强化培养与训练，总想让孩子成长为母亲想要的样子，如果长期活在不能满足母亲快乐需求并被硬生生剥夺自由成长的孩子，其内心就难免不产生怨与恨了，这就是家庭教育中由爱生恨的根源。

02
让孩子自己作主

小A十岁，兴高采烈地主动报名参加美国英语21天夏令营。

可到了美国两三天后，就极力说服父母让她回家。

小A妈妈很揪心，在同意和不同意她回家的决定上左右为难。

小A妈妈求助我：林校长，您好！我已经做了很多鼓励工作。小A还是要弃学回家。我想咨询下，如果我们就这样让小A回来会对她造成多大的负面影响？我是说心理上的，她太要强了，还有自尊心，她会不会觉得自己没用。不让她回，我又担心她孤立无援而伤心、怨恨，而留下独自一个人外出的心理阴影。

我说：孩子很有主见，放弃也需要勇气。尊重孩子的选择，相信她的选择是对的，是积极的，是对她自己负责任，而不是逃避。也许我们会觉得她是任性和脆弱，但这只是我们大人自以为是的居高临下的武断，因为我们不能赶往美国，我们一时无法分辨她面临的是不适应而害怕的困扰还是独自一个人在外自处的心理危险。所以如果我们强行要求她坚持完成夏令营是十分不妥的。不过你也不要担心她的放弃对她心理产生的负面影响，你们欢欢喜喜地认同她面对困难所做出的任何决定都是积极的，并欣赏她在外能够自己照顾自己、为自己心理安全负责任所做出的一切努力，她心理即使有些阴影也会烟消云散。

小A妈妈：嗯嗯，相信她，由她自己作主，就是最好的选择，谢谢！

洞见：在父母对孩子独自在外所处的困境与心理危险无法亲身前去考察并能及时给予援手时，尊重并认同孩子中途放弃学习的决定，是明智的，也是对孩子全然的接纳与信任，这体现了父母看重的是人而不是事。其实在某些情境下完全存在：中途放弃的勇气与坚持下去所需的勇气相比，有时前者所需的勇气更强大。在生活学习中，很多父母常常把孩子面临的事或学习计划与任务的完成当作第一位，而盲目地逼迫孩子一定要完成，甚至觉察到有超越了孩子的心理承受力极限也在所不惜，美其名曰为了培养孩子的毅力与抗挫力。这样以父母意志一厢情愿的做法是不人道也是危险的。因此，在父母对孩子所处的困境与危险无法亲身前去考察并能及时给予援手时，我们在给予一些理性引导后，交由孩子自己作主。

03 让孩子作主

妮妮妈妈咨询：林校长您好，看了你写的《也谈艺术教育》，我想对于小女妮妮的艺术教育，听听林校长的意见。小女妮妮兴趣广泛，目前在学钢琴、太极、美术、口才，平时基本排满，剩下星期天享受大自然，孩子喜欢石头，她会收集各种各样的石头；喜欢小虫子，会把菜虫当宠物养；喜欢树叶，会去追拍随风飘落的树叶；喜欢小鸡小狗，宠她的老爸会给她养一整群。扯远了。我想问的问题是：妮妮的唱歌老师恢复上课，妮妮又说必须去学的，以前学的歌都忘了，我不想安排了，可又担心妮妮想去学我却不让她去造成她对我的抵触或不开心。幼儿园我曾经给她请假一个月专心学太极，我也真搞不懂一个不满六岁的孩子会喜欢上太极，本来我是让孩子都尝试一下，结果妮妮却爱上太极学习。可是现在我困惑了，妮妮不会放弃学钢琴、学太极、学美术、学口才这四样中的任何一样，然后还要再学唱歌，该怎么选呢？我该如何规划她的艺术教育呢？

我：艺术教育成功与否取决于孩子是否有兴趣，因为兴趣的养成非一朝一夕，因为艺术教育是走心的教育。你完全可以让她自己作主。具有广泛的兴趣又十分爱好对妮妮这个年龄段的孩子来说是非常优秀的生命品质，你应欣赏她，认同她。你列出的这些项目，从妮妮自己的承受力来说，可能不算多。可以尝试都先学起来，过一段时间，她如果力不从心或者对某项不感兴趣，她就自然而然地开始删减学习选项。

妮妮妈妈：感谢林校长回复，妮妮目前确实学得轻松快乐，问题可能是我自己对妮妮的教育有点焦虑，焦虑情绪应该来自大儿子的教育经验，我不想在妮妮的教育中留下遗憾，希望有机会多听听你的讲座，再次感谢！

洞见：一个孩子，什么艺术教育都不愿意参加，父母也会焦虑，孩子很乐意参与许多艺术教育，父母也会焦虑。这两者焦虑看上去其产生原因是不同的，可焦虑的本质是相同的：都是父母对孩子未来的担忧胜过了孩子当下快乐给父母带来的满足。而父母为什么总是忽略孩子当下快乐给父母带来的满足，总是担忧孩子的未来？这其实与孩子当下学不学艺术教育无关，与孩子当下的学习能力与学习兴趣表现无关，而是由父母现实的压力造成对未来的恐惧以及过往各种教育失败的经验所引发的，父母这种社会现实本位与自身经验本位的意志往往会剥夺孩子自身的选择权与孩子当下的生活需求，这种最终替孩子作主或逼迫孩子就范的家庭教育，就是许多孩子抵触艺术教育、厌恶学习、与父母关系对立的核心原因，远离儿童兴趣与儿童意志的艺术教育最终一定难以修成正果。

04
先培养学习动机

小A妈妈咨询：怎么让孩子养成自我约束的习惯？

我：要她约束自己什么？

小A妈妈：她心态太好了，变得有点油头了。

我：千万别把家变成母女战场。

小A妈妈：她已经学会小把戏了。

我：这是为了对付你的。

小A妈妈：只要是课外的学习，她没有主动去完成作业的，从来没有。

我：她为什么会这样？从她的角度看，她没有学习动机。从你的角度看，她没有学习品质。于是你和她一定会冲突，她一定会反抗你，甚至会用故意不完成你要求的作业来反抗。如果你要把她课外积极主动的行动刚好与你的意志统一在一起，你必须先培养她的学习动机而不是先在乎她的学习品质与学习结果，这考验你的教育能力。如何培养她的学习动机？这需要你先服务她而不是先命令她和管理她。你对她的服务在于培养她的兴趣这是其一，兴趣是最好的动机，比如你要让她练字，你先带她参观书展，你要跟她讲中国书法文化，甚至你得以自己练字来做榜样。其二，你要给她请有爱心的专业老师，具有同情心与同理心的好老师是她的最好的助手。其三，一开始学，她也许会懒气，会开小差，这时候，你的理解与体谅会产生强大的助推力，你对她点滴的肯定与关心也是非常重要的催化剂，在她没有养成兴趣与学习信心这两个学习动机的阶段，你必须静等花开。

洞见：为什么孩子总是对父母的课外学习安排抵触？因为在家庭教育中，父母总是功利性地在乎孩子的学习品质与学习结果，而忽视孩子学习动机的培养。

05
儿子的不乐意

朋友问我：他儿子要去参加国际学校幼升小的选拔考试，最近安排外教在中午的时候给儿子补习英文，儿子倒也乐意。可我和她妈妈又亲自利用晚上的时间帮他复习白天的功课以及再强化一下英语学习，他就不乐意，不配合。我得怎么跟他交流？

我的建议：1. 创造一个安静的独立的学习环境。2. 与儿子商量学习目标以及学习完成后的激励手段。3. 改变学习方式。比如利用游戏法，比如把口头学习变成书面学习等。4. 叫中午的外教布置必须与父母配合才能完成的作业。5. 父母带头学习，和儿子共同学习与进步。

洞见：一个七八岁的孩子，为什么不乐意父母亲自的教学？

1. 孩子无法转化对父母原有角色的旧有认知，不适应父母类似教师的严格要求与管束。即与父母旧有的松散型和被呵护型的关系模式无法重新组合成为师生型学习关系。

2. 父母的教学与专业教师之间有差距,父母的学习对话没有新奇感和趣味性。

3. 不排除孩子对学习的厌烦感产生的对学习的抵触。

06
我不够好

　　小B妈妈看了我昨晚发表的《拨云见日》一文，在群里留言：我从小成绩就不错，经常都是考97分、98分这样，班里排名也都基本前三名，每次我兴高采烈地拿成绩单给爸爸的时候，他总是会问："怎么会丢了那几分？第一名考了几分？"所以，直到现在，不管自己做得有多好，我都不会觉得已经足够好，心里面也一直告诉自己要欣赏自己，但心里最深处的那个"我不够好"的信念却一直去不掉。虽然现在我可以把这个信念转换成让自己不断进步的动力，但在成长的这个过程中，它也确实困扰了我很多。所以，我自己会以此为戒，尽量不让自己的孩子再经历这份困扰。

　　我回复："我不够好"是"我"与外在关系互动中实现的。现实生活中父母的评价、老师的看法以及好友的意见都会在关系互动中扮演着权威的不容置疑的裁判，人越小越没有理性辨识力，越不能分辨他人态度中的偏执或断章取义以及情绪化的宣泄，于是一次次被权威的他人盖棺论定，其"我不够好"就变成铁板一块。可是"我真的不够好吗"的内心的质疑与反抗又是内心的暗流，它就像黎明前的星光一样与"我不够好"的黑夜遥相对峙。因此内心冲突就会演变成成长中的主旋律，甚至人会一辈子活在不断反复证明自己"够好"的机械的生命公式中。

小B妈妈：对，我就会不断不断去证明，我是够好的，全然自动化去这么做。

小C妈妈也加入讨论：很多时候则因为证明不了"自己很好"而陷入自我否定自我厌恶的旋涡。

小D妈妈也加入讨论：本来父母是最应该给孩子支持和勇气的人，却变成以"爱"的名义成为最打击孩子的人。该怎么做智慧的父母，我一直在努力。

洞见：产生"我不够好"的自我意识跟我拥有什么关系不大，跟我接受到外在的否定有直接的关系。

07
我不喜欢

妈：那你学一下跳舞吧！

女儿：我不喜欢。

妈：那你学一下小提琴吧！

女儿：我不喜欢。

妈：那你学一下绘画吧！

女儿：我不喜欢。

妈：那你喜欢学什么？

女儿：我什么都不喜欢。

妈：不喜欢也得学，至少必须学一样。

女儿：那我就随便选一样。

洞见：为什么"我不喜欢"常常成为孩子拒绝学习的口头禅？

1. "我不喜欢"要么是在我对我自己的学习意愿、学习可能性的充分认识的基础上的回答；要么是在与父母对抗的情绪主导下的口头禅。

2. 孩子不想说："我不学"，怕太直接拒绝父母的引导而伤了父母的心。说"我不喜欢"是相对委婉，说话留有余地。

3. "我不喜欢"含有：因为"我不喜欢"，所以我是学不好的言下之意，要我学什么最好尊重我的兴趣。这样说，企图说服父母放弃要我学什么的要求。

08
点燃小 A 的信心

小 A 妈妈咨询我：小 A 上三年级开始，会主动和我交流一些她在学习方面的情况，交流中会提到自己一些方面的不足。听了小 A 关于自身不够好的自我评价，我感觉她有点焦虑，我该怎么引导？

我说：可以分以下四步来引导。第一，一定要肯定她在自我认知上的可喜的进步。比如：可以说一说她的这种进步表现了她具有了较全面的认识自己好和不好的整体思维能力，这种进步表现了她对自己较高的发展要求的进取态度，这种进步是一种主动发现存在问题的对自己负责任的学习态度。（用大人的爱转化小 A 的担忧情绪）第二，启发她再认真地多找一找自身学习方面值得自我欣赏的方面。如果，她自我查找优点有点困难，你完全可以举一些令你感动或值得你学习的优秀的方面来启发她。（用正向的思维提振小 A 的乐观态度）第三，可以启发她建立一些立即可以改变学习现状或立即可以解决存在问题的目标或行动计划。（用明确的行动创造学习的成就感）第四，及时随喜小 A 在学习方面取得的点滴进步，特别在小 A 的自我改进计划方面并没有快速见效的情况下，要给予小 A 一些援助与关怀。（用外在的激励丰富小 A 的努力的正向体验）通过这四步，一定能消除小 A 自我认知上的焦虑，并点燃自我发展的信心。

洞见：在孩子自我感觉不好的情况下，点燃孩子的自我发展的信心比什么都重要。

09
小 A 妈妈的烦恼

小 A 的妈妈咨询我：小 A 在家里做作业非常拖拉。桌上有什么就玩什么。把他桌上的东西清除干净，他就摸自己的手指头。本来十分钟就可以完成的，有时一两个小时还未完成。有时只好陪着他做作业，他又嫌我烦。每天被他搞得烦死了。有时就免不了要骂他，甚至会出手打他。

洞见一：小 A 的问题具有普遍性，小 A 妈妈的烦恼除了具有普遍性之外还具有鲜明的独特性。要根治小 A 的"毛病"首先要消除妈妈的烦恼，因为妈妈被烦恼情绪支配下开展的对小 A 的教育，不仅帮不上小 A，反而会让小 A 也陷入烦恼之中，小 A 在背负自己做作业拖拉和妈妈烦恼情绪的双重压力下，怎么可能有好的进步呢？分析妈妈的烦恼的情绪有以下几点：

1. 焦虑，想改变小 A 在家里做作业拖拉的情况，却不见成效，常常的挫败感引发焦急与失望。

2. 厌恶，对小Ａ这种学习不专注开始讨厌和不满。

3. 担心，担心小Ａ跟不上学业。

4. 悲伤，每次骂小Ａ或打小Ａ的情绪过后又会自责或对自己情绪的失控埋怨。

洞见二：小Ａ妈妈如何消除烦恼？

1. 调整错误的渴望。想一下子让小Ａ改变在家里做作业非常拖拉的毛病本身就是错误的渴望，小Ａ妈妈应该允许小Ａ慢慢来，用一学期或一年的时间来帮助小Ａ日有改善，培养小Ａ日益精进的能力比强制或猫盯老鼠的方式要求小Ａ立马改变更具有现实意义，因为小Ａ做作业快起来不是真正目的，真正的目的是让小Ａ主动学习，快乐学习。

2. 一旦小Ａ妈妈的关注点在于小Ａ是否日有精进，小Ａ妈妈就会学会欣赏并发现小Ａ努力与积极的状态，小Ａ一接受到妈妈的认同与喜悦，他就会获得继续努力的外在动力，一段时间之后，小Ａ自身也能感受到自己学习效率提高的成就感。外力就会转化为内力。

3. 小Ａ的成就感产生的快乐会引发小Ａ妈妈的快乐，小Ａ与妈妈的关系就开始从对抗转为合作与亲切。这是小Ａ作业能力进步后带来的更有意义的关系成果。一旦小A从与妈妈关系和谐中以及作业日益精进中找到自我认同与成就感，小A就具备了精进的内在生命品质，小A就获得了主动学习、主动生活、主动发展的真正力量。

洞见三：小孩子在学习中具有一些学习障碍，这是人人都会发生的，只是不同的小孩子会不一样。真正的教育在于借学习障碍这独特的真实的情境来实现小孩子日益精进的品质的培养，于是学习障碍就变成了精进种子发芽的土壤。小孩子从此就会日有所思日有所长。

10
极端的小 A

小 A 爸爸说：小 A 在读三年级，他给小 A 请了一个数学家教。家教老师第一次来上课，想测试一下小 A 的数学基础，就给小 A 出了一张测试卷，小 A 就是不做。家教老师就改为口头测试，小 A 要么不回答或要么回答不会。他明明有的题目是会做的。

我问：小 A 的数学是不是一直不好？

小 A 爸爸：是的。

我问：小 A 是不是一直讨厌学数学？

小 A 爸爸：是的。

我问：这次请老师有没有征得他同意？

小 A 爸爸：没有。

我问：你觉得小 A 为什么不配合家教老师？

小 A 爸爸：他不想学。

我问：他为什么不想学？

小 A 爸爸：这？

我问：他有可能是害怕，也有可能是在保护自己的什么，也有可能是在逃避什么。你觉得呢？

小 A 爸爸：我从没想到这些。

我问：他明明可以正确回答出一些数学问题，为什么选择拒绝回答？他这样做是不是让你们觉得他是不讲道理，学习态度差？他为什么宁愿让你们觉得他不讲道理和学习态度差，甚至让你们生气，也不愿意接受家教老师的测试？他是不是在害怕测试结果？他是不是由于长期处于数学学习的挫败感之中，让他完全丧失了面对挫败感的勇气？

小 A 爸爸：我有点理解了。

洞见：一个孩子发生极端的厌学的行为，一定是对这份学习的结果的极端害怕。

11
什么是起跑线？

小 A 妈妈问我：要不要给小 A 报课外奥数班？

我说：这得听听小 A 的意见。

小 A 妈妈说：我问过小 A，他说不去。

我说：那就尊重小 A 的意见。

小 A 妈妈说：可是他的同班同学已经有好几个在读课外奥数班，我就怕他输在起跑线上。

我问：那他参加课外奥数学习，就不会输在起跑线上吗？

小 A 妈妈说：这？

我问：什么是孩子们的起跑线？

小 A 妈妈说：这？

我问：一个即使在起跑线上具备了太多优势的孩子，是不是意味着，他的将来就比其他孩子更快乐与更有创造性？

小 A 妈妈说：这不一定。

我问：是的，要看他在起跑线上具备的优势是什么。

如果是一些外在的优势，比如较好的学习成绩，较好的家庭条件等，这些优势真的不与将来的发展成正比。如果是一些内在的优势，比如强健的体魄，好奇心、领导力，快乐能力，以及良好的"自我认知"等，那么这些优势一定与将来的发展成正比。因为外在的优势是变化无常的，而内在的优势一旦具备，就终身受益。并且外在优势需要内在的优势来吸引与发扬。小A参加课外奥数班不是目的，是手段。如果小A自己想要，并且参加课外奥数班学习带给小A的不是烦恼而是快乐，那就支持他去学，反之，就先放一放，等哪一天，他突然有兴趣了，再学也不迟。如果舍本逐末，一定得不偿失，那就是真正的输在起跑线上了。

小A妈妈说：有点儿明白了。

洞见：什么是孩子的起跑线？我认同曾国俊（中国台湾道禾教育的创始人）的说法："一个人发现自己的天赋，并让自己的天赋得到自由的那一天就叫作起跑点，在这个意义上，有的人可能很早就站在了起跑线上，有的人在30—40岁后，都未必能真正起跑。"

在孩子伤心时便拥抱他，为什么不能产生积极的影响？我发现，我们父母如果在平常，特别是在孩子开心的时候，和孩子少有身体接触，例如少有友好的拥抱，只在或常常在孩子感到难过时拥抱一下，孩子便觉得父母的拥抱是与自己消极的情感联系在一起的，这样的拥抱不仅不会引发孩子积极的情感，反而会强化孩子正在进行的消极的情感，久之这样的联系机制就沉淀为孩子对父母拥抱的无意识抵触，从而影响他们的一生。

第五章

01. 真实想法与真正需求
02. 一切情绪来自自己
03. 焦虑加上焦虑
04. 小 A 的愿望
05. 铁定的事实
06. 无意识的抵触拥抱
07. 内心冲突的"遗传"
08. 可怜的孩子
09. 小 A 的问题
10. 小 A 对妈妈说

01
真实想法与真正需求

小 A 妈妈问我：小 A 她自己要我给她报名学钢琴，可是她每次练琴时又不会很主动很认真，这是什么情况？

我说：小 A 要报名参加学钢琴，这是她的真实想法，但这不一定是她的真正需求。

小 A 妈妈说：真实想法与真正需求有什么区别？

我说：小 A 要报名参加学钢琴，可能是由于羡慕别人钢琴弹得好，于是她也想学；也有可能，她很想把什么都学会，就叫你帮她报名；也有可能你经常引导她学钢琴，她有点儿心动或为了满足你，她就报名学钢琴。这些都是真实想法，真实想法也会推动人去实现想法。

小 A 妈妈说：这很有道理。

我说：然而真实的想法是很容易变的，学钢琴很枯燥，小 A 也许就会产生放弃或偷懒的真实想法。

小 A 妈妈说：是的，是的，小 A 的想法的确很会变。

我说：如果学钢琴是她真正的需求，那就好比，她饿了，不用外力催促，她自己都会主动找吃的。

小A妈妈说：你想告诉我，真实想法不等于真正的需求，小A其实没有学钢琴的真正需求，她就没有主动性与迫切性。

我说：是的。

小A妈妈说：那怎么让她产生学钢琴的真正需求？

我说：增加弹钢琴的趣味性，把学钢琴变成一件美美的差事，比写字背书都好玩，你不让她玩，她就会"饿"，她就会产生学钢琴的真正的需求。

小A妈妈说：这听起来很难。

我说：是的。因为真正能让小A产生学钢琴的真正需求，无非她生活在钢琴世家，从小耳濡目染，已经从心底里热爱上了这美妙的音乐，以及在耳濡目染中开发了她弹钢琴的天赋。

小A妈妈说：我终于明白，为什么那么多小朋友学习弹钢琴、拉小提琴很长时期，仍然说放弃就放弃。

洞见：有想法是实现想法的行动的前提，然小朋友的想法往往是由外在诱发的，外在诱发一停止，她们的想法也会停止，行动也自然跟着停止。在靠想法推动行动的机制中，如果想让小朋友持续行动，只有坚持外在诱发，让她想法不变甚至是想法加强，这似乎是太难了。如果想让小朋友主动行动，那只能从他们的需求入手，在生活的耳濡目染中培养他们对某一事物的求知欲、求胜欲、求乐欲。

02
一切情绪来自自己

一位妈妈问上六年级的大儿子:"你心情不好的时候,你会怎么办?"

大儿子回答:"吃饭、睡觉、打游戏。"

妈妈接着问上二年级的小儿子:"你心情不好的时候,你会怎么办?"

小儿子回答:"妈妈,我好像没有心情不好的时候。"

洞见:大儿子的回答会让妈妈生气或喜悦,小儿子的回答也会让妈妈担忧或喜悦。妈妈为什么可能产生截然不同的情绪?问不同的人同一个问题,不同的人会有不同的回答,于是不同的回答会引发问者的情绪,这种情绪的产生不是来自回答者的回答,而是来自发问者本身。例如,如果妈妈本身心情不好,平常对大儿子、小儿子都是担忧,不管大儿子、小儿子怎么回答,妈妈都会生气或担忧,妈妈会对大儿子作出消极处世的判断,对小儿子作出故意乐观处世的判断，判断与情绪一结合，妈妈就陷入更加生气或担心的情绪。反之妈妈一直很认同大儿子、小儿子，再加上当时心情的平和，面对大儿子的回答，妈妈会作出大儿子直率不掩饰处世的判断，小儿子是阳光处世的判断。妈妈的心情就会在平和状态下升起一些喜悦。

所以，我们很多时候与别人交流时产生的情绪都来自自己：发问者带着担忧发问，回答者也会带着担忧回答；发问者带着喜悦发问，回答者也会带着喜悦回答。因为发问者的担忧会喂养回答者的担忧，回答者新产生的担忧又会引发发问者的新担忧；因为发问者的喜悦会喂养回答者的喜悦，回答者新产生的喜悦又会引发发问者的新的喜悦。因此不管大儿子、小儿子怎么回答，妈妈听了回答后产生的情绪来自自己当时的情绪，妈妈当时的情绪是一切情绪的根源。

03
焦虑加上焦虑

家长 A 咨询：你好，林校长，早上看了您的微文，很是感动。因为我最近一直苦恼于我女儿的学习。她就是那种不是不用功，但学习很慢的人。特别是在家写作业，总是又慢又累。经常会早早坐下来写，一直拖到很晚才写完。也试过，开始先玩一玩，到 7 点再写，也一样要九十点才写完。到三年级就常常晚上到很晚也写不完，早上又要我早早叫她起来写，不然晚上都不敢睡觉的。是不是一天学校精神太紧张导致她放学会累，不想写作业？或者在家虽然现在知道坐下来写作业，但坐那里会走神，一走很长时间，有时她自己意识到自己走神了，回过神来也很气恼自己。

我不确定是我女儿的情况特殊，还是我们家长有什么问题，我看了您的微文，也想教育是讲因材施教的，而且您懂得多，又这么爱孩子，有空的时候帮我分析看看，我觉得孩子学得好辛苦。因为作业这个事，天天回来没的玩不说，还老是哭起来，写不完要哭，说她太慢要生气，要哭。还有她作业没完成时就很紧张，有几次都说不想去上学了。

洞见：听了家长A的话，我觉得家长A的焦虑是必然的。因为她试图去改变女儿作业的焦虑，而这种事情的结果往往都不如愿。因为女儿很难能够跟妈妈站在同一个认知层面上去理解去消化作业的困难以及作业焦虑，这就好比鸡同鸭讲，越帮越忙，甚至帮倒忙。一个焦虑的女儿遇上焦虑的妈妈，其后果可想而知。

难道父母真的帮不上忙吗？真正重要的其实是，父母先做好自己，把关注的焦点放在自己身上。当你把焦点放在自己身上的焦虑的时候，你就是在为自己的情绪与思想负责，而不会盲目地把女儿的作业焦虑的责任揽下来。很多时候企图改变女儿，不仅让自己焦虑，也让女儿煎熬。父母应当言传身教，无论面对什么都不焦虑，把自己从"救世主"的角色转到了一个"旁观者"。父母尽管转变了角色，但并不是变得自私冷漠，成为一个冷眼旁观者。而是清楚自己能够做什么，不能做什么。明白自己在教育孩子上的责任和义务，从而让内心宁静，让心中的爱出发。

如果父母不焦虑了，父母就能看到孩子慢慢写作业的快乐以及慢慢写作业培养出来的不急不躁的学习品质，甚至是孩子在作业中所付出的强大的坚持力与努力，一旦父母能发现孩子身上的这些独特的钻石，父母的欣赏与赞美就会随时发生，孩子的作业焦虑就会在外在喜乐的缓冲下得到自由释放。

04
小 A 的愿望

小 A 妈妈咨询我：她想把女儿转到崇德。

我问：几年级？

小 A 妈妈回答：在读四年级。

我问：为什么要转学？

小 A 妈妈说：一言难尽。我本来以为她对老师的态度可以调整，可以通过鼓励来扭转，其实是没用的。她不喜欢那个老师，有一次叫她许愿，你知道她怎么许的，她这样讲：喜欢的老师都来教她的课，不喜欢的老师统统调走，保佑统统调走，哎，对老师害怕到这么严重，我都怕她的思想被扭曲。

我回答：四年级没有插班名额。

小 A 妈妈说：那怎么办？

我回答：帮助她改善与老师的关系。

小 A 妈妈说：协调了好几次，不见效。

我说：继续协调，不能放弃。

洞见：小A为什么会许下"保佑不喜欢的老师统统调走"的愿望？因为小A对不喜欢的老师又怕又讨厌。为什么小A会对某些老师又怕又讨厌？因为小A与某些老师的关系是对立的。造成小A与某些老师关系对立的主要原因是什么？因为小A在与某些老师的关系互动中经受过难以自拔的心灵挫伤。

05
铁定的事实

小A妈妈咨询：校长，我儿子他外公每次想抱他的时候，他都不让抱而逃开"不要不要！"要亲他的时候更是很嫌弃的样子躲开。我觉得这样很让我爸爸伤心失望的。于是要求他要主动去抱抱外公（不用亲），至少对外公热情一些啊。要求他对我爸爸好一些。我说："你外公是我爸爸。"他说："我知道外公是你爸爸。"我又说："外公很爱你的，你就对我爸爸热情一点嘛，让他亲一下怎么了？"他立即马上毫不留情地回答："不要！太……了！"后来我说："如果有人不理你爸爸，对你爸爸不好，你是不是会难过？"他点点头。后来他好像为了做点补偿，跑去对外公说："外公，星期天我带你去看电影《黑豹》"。但当外公说"过来外公抱抱"时他又跑开了。我这是不是强迫他超出他的成熟度去对我以及长辈的需要去进行共情？他外公一般都装作不在意地走开，或让我别责怪儿子。但前些日子有一次说："小A肯定是嫌弃我们年纪大老了。"我听了很心疼。所以昨天才会这样要求他。

我：儿子多大了？

小A妈妈：5周岁了。

我：他与外公生活在一起吗？

小A妈妈：没有。

我：他与外公之间本来就没有建立亲密的关系，是吗？

小A妈妈：是的。

我：你站在他的视角想一想，他为什么不会去亲近外公？

小A妈妈：请启发一下。

我：很有可能，你与爸爸也少有亲密无间的行为交流。再因为他年龄小的原因，他现在也读不懂外公的情感需求，再加上平时互动太少，外公虽是亲人，但在他眼里可能是陌生人，所以他也不会主动满足外公。

小A妈妈：是的，我和我爸爸几乎没有亲密的行动，能说上几句话就很好了。我爸我弟经常说，我弟媳比我会教孩子，我还把他和我弟弟的两个孩子做比较，我弟弟两个孩子就会"好爷爷，好爷爷"地求爷爷抱，我老担心我爸觉得我没教好孩子。

我：所以，你是在利用儿子，有时也会强迫儿子来替你弥补你与爸爸的亲密行为的缺失。

小A妈妈：今天早上一睁眼，刚好看到校长昨晚发的文章《建立在沙土上的房子》，就想到了这点，就大胆咨询你。

我：你与爸爸的亲密关系，由你自己来承担修补，不必把这个任务转嫁给儿子。家庭关系就是儿子成长的土壤、水或空气，你不仅是儿子的榜样，也是儿子模仿的对象，你对你爸亲，你儿子就会对外公亲。让你爸多感受到你的对他的亲，他就不会去要求他的外孙对他亲多一点。

洞见：在家里，父母对长辈亲，孩子就会对长辈亲。这是铁定的事实。

06
无意识的抵触拥抱

小 A 在哭，他爸过去拥抱他，小 A 很抗拒，反而恼怒起来。小 A 爸爸忍住怒气，不知所措。

这样的情形，我经常看见。

我们很多父母总会在孩子情绪沮丧时伤心时，便拥抱孩子一下。父母的本意是人之常情，是希望借此向孩子表达安慰与照顾，有时孩子在父母的拥抱下，不仅不会领情，而且也不会产生积极的情感，甚至会发生消极抵触。我发现孩子无意识的抵触父母拥抱这样的情形普遍存在，这让我震惊。

我反复思考：为什么父母好心的拥抱却没好报？

洞见：在孩子伤心时便拥抱他，为什么不能产生积极的影响？我发现，我们父母如果在平常，特别是在孩子开心的时候，和孩子少有身体接触，例如少有友好的拥抱，只在或常常在孩子感到难过时拥抱一下，孩子便觉得父母的拥抱是与自己消极的情感联系在一起的,这样的拥抱不仅不会引发孩子积极的情感,反而会强化孩子正在进行的消极的情感,久之这样的联系机制就沉淀为孩子对父母拥抱的无意识抵触,从而影响他们的一生。心理学上称之为:无意识的消极铭印。美国组织教育专家杰瑞·理查森认为,这也是很多孩子长大了都不喜欢被别人拥抱的缘由。瑞典著名读心术大师亨利克·费克萨斯在《读心术》一书中提到,一般来说,在孩子高兴快乐的时候进行拥抱类身体接触比较好,这样,当孩子不快乐时,父母的拥抱就会使孩子联想起快乐的心情。

07
内心冲突的"遗传"

小A妈妈咨询：小A因为她的那张作业完成反馈表被弟弟乱涂上了好几个格子，在伤心地哭，当然还很生气，她说，她的作业都被弟弟糟蹋了。她说，你不骂弟弟，我来骂。一般这种情况下，我儿子就是很乖地在旁边，所以我只会说两句，凶不起来，那她会不会心里就不平衡？她哭也哭了，又生气地教训了一通弟弟，还说作业都不想做了。她说，如果是个妹妹该多好。我其实是觉得她有点反应过于激烈，但又觉得她想通过反应激烈些来促使我狠狠教训一下弟弟。林校长，这样的事，我该怎么处理？

我：她像你吗？

小A妈妈：有时觉得她比我更像一个母亲的角色，她教训弟弟就像我教训她或教训儿子。我其实在她身上看到了我小时候的影子，我小时候也觉得我妈不管我弟怎么顽皮，都不教训我弟。于是我经常出面教育我弟，教育弟弟这样不该那样不对。这点上太像了，还有弟弟其实没把我打怎么痛，但我会故意哭得很厉害，想让妈妈骂弟弟，原来小A都是像我自己啊！

我：内心的冲突也是会"遗传"的。小A内心冲突都是你有选择看到的和有选择感受到的结果，这种选择性的源头是你潜藏在内心冲突中日积月累建构起的敏感性反应的独特机制，你看到感受到的并不是她内心冲突的全部，你在担忧的都是你本来就存在的担忧。正确认识并消解你当下面对小A冲突而产生的冲突，你对小A当下的冲突就知道如何消解了。

小A妈妈：校长一语惊醒梦中人。

洞见：内心冲突通常与信念、信仰、道德、价值观有关，一个十岁的女儿，在与妈妈相濡以沫的日子里，有很大的可能，已经接受了妈妈的信念、信仰、道德、价值观，也有很大的可能顺便接受了妈妈潜藏在内心的冲突。所以子女内心冲突是父母内心冲突的翻版，其发生的概率是很大的。因此要消解子女内心的冲突，很大的程度上要从先消解父母内心的冲突开始。

08
可怜的孩子

今天连续接到两位朋友的求教。

友 A：林校长，你好。我一个朋友，昨天跟我诉说："孩子是六年级的小男孩，非常厌学，也很被老师排挤，孩子也很排斥，今天是六年级考试，8:20 开考，孩子拖到 8:40 才去，说是要故意把试考砸，这样就可以把老师的教学排名往下拉。这种情况也有一段时间了（或者说是有一两年了）。我朋友很着急，现在是在四处看学校，明天还准备到安徽的晨山学校去参观，但是又在继续在学校学习还是转学之间拿不定主意。你是教育孩子的专家，不知道你周日有时间吗？我想你可以给他一些很好的建议。万分感谢你。"

友 B：林校长好！有一件事想向您讨教下，有一青春期女生因受不了老师的责骂而弃学在家，我该如何引导好一点？

我看到友 A、友 B 讲的故事，心里不禁伤感：可怜的孩子！

洞见：为什么小小年龄却和老师、家庭完全对抗上了？这种对抗从孩子的角度来看，他们无非想通过如此过激的反抗拿回被老师、家庭夺走的东西。可是他们在这场力量悬殊的战争中能赢吗？答案是：两败俱伤。

09
小 A 的问题

小 A 爸爸打电话咨询我：小 A 在读初三，从小到大一直当班长，初一初二学习成绩一直名列年级前五名。可不知怎么回事，上初三的学习成绩不断下滑，近期几次模拟考，直接是下滑到了年级 70 名。马上就要中考了，真揪心。

我听了小 A 爸爸的描述，问道：是男生还是女生。

小 A 爸爸：是女孩子。

我继续问：近期有没有生过什么病？家里有没有什么变故？

小 A 爸爸：没有。

我继续问：她最近睡眠如何？胃口如何？

小 A 爸爸：有失眠现象。胃口不好，脸色一直很难看。

我继续问：她学习注意力是不是很难集中。

小 A 爸爸：是的，现在考试时经常来不及答题，一般的题也常出错。

我继续问：有请假在家休养吗？

小 A 爸爸：还没有。真不知怎么办？

我说：那就先请假休整，补充营养，适当增加体质锻炼。

小 A 爸爸：那学习成绩怎么办？

我说：留得青山在，不怕没柴烧。身体好回来，精神好回来，考试成绩一定提升。

小 A 爸爸：好的，我劝劝她。

我说：不用劝，你做主吧，你作为父亲首先不要慌张与焦虑，你情绪的风清云淡，对她走出焦虑与紧张是很有帮助。毕竟，如果一朵花不开，你会去看看养花的环境出了什么问题，而不会想着去修复这朵花，不是吗？

小 A 爸爸：好的。谢谢！

洞见：小 A 的焦虑与神经衰弱本身不是问题，而是问题的表现。是小 A 长期极端要强和不断遭受考试挫败感，再加上长期心灵缺乏快乐导致。可小 A 的负面的情绪以及想尽快走出心理阴影的渴望不是小 A 的敌人——焦虑与神经衰弱的症状并不是我们应该抵抗的魔鬼，因为从某种意义上讲，它们的出现是为了拯救小 A。然而面对小 A 当下的症状，更令人担忧的是，这日积月累的焦虑与神经衰弱的人通过一段时间的药物治疗或身体休养消除了症状，如果她在之后的日子里仍然不改变之前极端要强以及不断缺乏心灵的快乐的生活状态，那么当她重新回到紧张的考试中，当挫败再次堆积起来的时候，焦虑和神经衰弱的状态很有可能卷土重来。因此，小A必须明确这样失眠、注意力不集中、考试成绩下滑等反应的出现是自我善意提醒，小A必须警惕并从根本上改变自己极端好强的虚荣心、耗尽能量的学习方法、对学习以外的快乐不闻不问的生活方式，或者从长期竞争激烈的压抑环境中抽身而出。

10
小 A 对妈妈说

小 A 妈妈在微信朋友圈发了一段小 A 对她说的话：我还好不是一个很皮的小孩，不然你会疯掉。我觉得你越来越不懂事了，越来越像小孩，我对你很无奈。你们大人不懂我们小孩的世界，我也不懂你们大人的世界，因为我没当过大人，你们却当过小孩，可能是你们小时候都太早熟，跟我们不一样。

我读了小 A 说给妈妈听的话，刹那间被小 A 心情的自由自在、说话的无拘无束、理性的批判思考状态所感动，小 A 就像阳光下的花朵，坦然地敞开心扉。

我随即给小 A 妈妈发了短信：小 A 说得太有才了！

小 A 妈妈回复：我现在讲不过她了，她很有自己的想法了。

我回复：她的真心话是你与她关系的镜子。

小 A 妈妈回复：把我当朋友似的，但经常揭我短。

我回复：她不仅天真，而且勇气可嘉，具有大丈夫气概，而且很可爱。是我们大人学习的榜样。

洞见：我们应该热情洋溢地欣赏赞美小A这样的言语行动，为什么？丰子恺认为："天地间最健全的心眼，只是孩子们的所有物，世间事物的真相，只有孩子们能最明确、最完整地看到。比起他们来，大人的心眼已经被世智尘劳所蒙蔽，所斫丧，是一个可怜的残废者了。"我十分赞同丰子恺这样的洞见，作为大人的我们比起他们来，好多时候都虚假卑怯，我一直觉得人世间各种伟大的事业，不是那种虚假卑怯的大人们所能致，都是具有孩子们的大丈夫气的人所建设的。一个像童心世界那样纯洁善良的社会，不仅是丰子恺畅想的社会理想境界，也应该是我们今天的人们所畅想的社会理想境界。大家不失去童心，则家庭、社会、国家、世界，一定温暖和平而幸福。

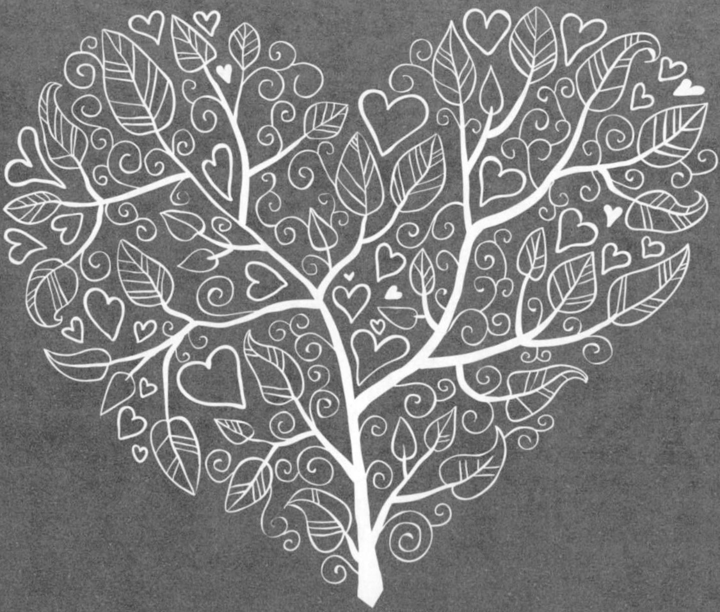

在孩子十岁以后，常常会以战胜大人为骄傲。为什么？在儿童自我意识形成的路上，大人的权威或大人自以为是的管理是极大的障碍，而儿童先天的寻求独立人格的勇气会努力地去冲破这个障碍，即使背上"叛逆"的形象。这时候，想要胜利的意愿和害怕胜利的意识其实是共存的。因此赢得胜利的时候，瞬间产生的成就感带来的喜悦是令人兴奋的，这份兴奋会暂时冲淡对"叛逆"的害怕，让自我意识得到一次深刻的提振。

第六章

01. 小A妈妈的焦虑
02. 既生气又心疼
03. 希望越大，失望越大
04. 父母怎样提要求与希望
05. 小A的心理素质
06. 事与愿违
07. 替孩子说话
08. 操之过急
09. 家长的需求
10. 从家长的角度看
11. 珍贵的建议
12. 暑期学点什么
13. 小A犯错误之后
14. 小A的英雄壮举
15. 咨询的意义
16. 这是勇气吗
17. 斗争中的焦虑
18. 建设性运用焦虑

01
小 A 妈妈的焦虑

小 A 妈妈向我介绍小 A：

我觉得她有优于我的情商，因为她被人责骂时，会小心翼翼黏到你身边，说着软话；她坚定地说"我不喜欢"，拒绝别人时一点也不纠结。她好动，时常奔跑跳跃，笑容灿烂，感觉精力充沛、活力满满。她不怕生，能和大孩子一起玩，也能带更小的孩子一起玩，较善于与人协作，具备向他人求助的心理素质。说她聪明吧，她老是记不住钢琴里的五线谱，甚至记不住幼儿园里她自己专用的储物柜，记不住英语单词。有时太有主见而不大听我们和老师的话，让我们遍尝了失控的感觉。我公公说，他有 7 个孙女、外孙女，我们女儿是最不听话的。

我担心自己的孩子不够大气、不够坚忍，缺乏自制力和自律精神。进一步说，我更担心我们不是合格的父母。因为我们磨炼她不够，她没有养成更适合生存的性格；因为我们以身作则得不够，对她的习惯养成产生了不良的影响；因为我们疏忽了对她某方面的培养，而造成她性格上的缺陷，如理财能力，如独处能力；因为我们陪伴得不够，对她的正面影响力不足，这一点，在听闻其他的小朋友钢琴学得如何如何优秀时，心理的焦虑会加倍。（有删减）

我回复：你眼中的女儿就是你自身希望的一部分投射，你希望的样子或不希望的样子，你都会看到。然而，她还有她独特的更大一部分的未曾被你发现，这部分也许是你永远都无法看到或感受到的，而恰恰这独特的部分可能就是真正成就你女儿未来的核心因素，况且你女儿情商智商任何一部分都在不断发生变化，你也应该用变化的眼光来看待女儿成长的可能性。作为妈妈，不必纠结于你看到的"女儿"，因为她不真实；也不应该拿别人优秀的一面比较女儿弱势的一面，这不公平；也不应该自责自己在女儿教育上不成熟的教育方式，这多此一举；你放下"纠结"，停止自责，原谅自己就是原谅女儿，就是放开对女儿成长的种种限制，就是给予女儿成长更大的自由与可能性，被你看见的她和不被你看见的她就会平衡和谐地发展，她将主动地自我调整朝着完整的个体发展。也就是说，你女儿情商的发展到一定阶段就会促进智商的发展，你着实不必担心她当下的一些学习能力。否则，你对女儿的焦虑会严重破坏女儿已构建起来的自我意识与快乐。因此为了给予女儿更好的"妈妈"，当务之急，妈妈必须要充满勇气，点燃自身爱与智慧的火苗，继续教育女儿通过自己的努力找到快乐，及快乐的因。

洞见：什么是儿童成长的第一要务？即儿童通过自己努力找到快乐。

02
既生气又心疼

家长 A 咨询：林校长，您好！很不好意思打扰你。我家女儿现在初一，跟班主任相处有很大的问题，现在跟老师有点杠上了，说上周被老师当众批评了六次，位置从学期开始到今天被调了九次，上周从倒数第二桌调到最后又到最前，今天因为传小纸条被老师逮到就又被调到最后一桌了，回来路上她就哭了，我给老师打电话，老师反馈说传纸条影响了别人，要让我好好管教。老师对女儿的态度让我担忧，我应该如何处理呢？现在我都不敢跟老师沟通也不知道如何沟通。

我：老师与女儿之间的一些小冲突，你完全不必参与协调，你只要照顾好自己的女儿一切就迎刃而解。女儿如果哭，你要积极关心其情绪，关于如何赢得老师对女儿的赏识，这只有交给女儿自己去完成，当然也可以指导女儿积极调整自己对老师的态度与交际行为状态。

家长 A：我是怒其不争，老做不好，被老师逮到。

我：当前最重要的是，你要理解女儿。告诉她，不要讨厌自己，要鼓励自己，包容自己。你一定要理解女儿在校的烦恼。不要火上浇油，怒其不争要不得。

家长Ａ：我是真的既生气又心疼。

我：她对老师有意见，不必太在意，因为关系是不断变化的，如果你越不淡定，就越强化女儿对老师的负面情绪。要引导女儿有面对老师惩罚的乐观态度，能鼓起勇气去面对去接受并积极改正自己的不良表现。学习成绩是一个方面而已，独立的能力反而更加重要，孩子越长大，越要培养孩子独立自主的能力，不依赖任何人，面对与老师之间的隔阂，不悲观不放弃自己并努力改善修正。一到初中，就要自主学习自主成长，不要依赖老师，要超越老师。

家长：我把你的话告诉她了，她眼泪哗哗地流下来。

我：你还是先调整好自己的焦虑，积极履行自己作为妈妈的使命，积极乐观面对，找机会当面与老师聊聊，消除隔阂，与老师形成合力。

家长：好的，积极乐观面对！

洞见：既生气又心疼是来自生气还是来自心疼？答案是：既不来自生气也不来自心疼，是来自对当下的不知所措，是来自对未来的悲观。

03
希望越大，失望越大

家长 A 咨询：林校长，我们家宝贝已经上二三年级了，对于早上起床以及自理的问题，一直是个令我头疼的问题，刷牙洗脸过个水就好了，看起来很在乎迟不迟到，但是对于迟到仅仅是停留在表面，在出门闹钟响起之前，甚至在我出门之前，完全没有时间紧迫的意识，打闹、聊天都是常态，总觉得时间还很多，尽管我有提醒：时间快到了，我们要出门了，不然会迟到的。但是这些都只是我一厢情愿的想法，孩子并不当回事。到圆周村了，他才会知道原来马上就要迟到了，于是等不及车子开到下车点，就担心迟到，连下车的早上问候也略过了，跑着就过去了，看起来是为了赶在最后一分钟到教室……给你发信息是因为看到，有小朋友早上过来跟你打招呼，你总是笑意盈盈地对待，感觉自己的虎妈状态是个鲜明的对比。我也想要温柔地对待孩子，但是又不知道怎么处理好、保持好自己的心态，就随他折腾，迟到的后果自己承担？孩子自己不着急，我也就慢着来，甚至可以故意制造一次迟到？我需要刻意地去做这件事吗？说实话，我们总是能赶在最后的时间到校，时间差基本都在 5 分钟内。

我：早上洗脸是一件事，早上玩耍是一件事，早上时间紧迫感不强是一件事，你焦急自己成为虎妈状态是一件事，你想故意让孩子迟到是一件事。这么多事得一件件分开看。可不管哪一件事，你都觉得孩子表现得欠妥，你的这份欠妥渐渐地会变成对孩子的不满，而你的这份不满不断累积后又会变成自己的失望，甚至会变成在教育孩子方面的焦虑。

洞见：在孩子成长的过程中，父母总是会对孩子主导的各种各样的事件进行评判，在评判的过程中，父母往往会带着希望，结果对孩子希望越大失望也越大，越看越不顺眼，就变成了笼罩在父母心头的心病，上文中的妈妈就已然有此心病。为什么会发生希望越大失望越大？因为希望一般是从对当下发生的状态的不满中诞生出来的，希望越大其实就是对当下发生的状态不满越大，而这份强烈的不满伴随的就是对孩子当下状态的强烈否定，否定越强烈失望就越大。因此，在教育的路上，放弃希望，欣赏并肯定孩子当下的状态，即使孩子的当下表现并没什么可圈可点，也要接纳孩子当下的状态,这是父母应有的最基本的最核心的教育态度与教育行动,也是消除父母在教育孩子问题上产生的担忧、焦虑的最基本最核心的态度与行动。与其暂时改变不了孩子,还不如改变对孩子的态度,说的就是此道理。

04
父母怎样提要求与希望

小A妈妈看了我昨天发的《希望越大，失望越大》一文，与我开展了讨论。

小A妈妈：如果孩子觉得父母是没有要求的，自己表现不够好也可以过关，长此以往，又如何让孩子养成好习惯？我常常还是纠结于这样的困境中。

我：当你放下要求或希望，而感同身受孩子当下状态的或喜或忧，你就立即能进入孩子当下的内心状态，从而给予孩子认同或爱。孩子一旦感受到你的爱与支持，他就会产生源源不断的内驱力，变得自告奋勇或自身充满希望与力量。

小A妈妈：爱是一切的源泉似乎明白了点，谢谢林老师！

我：父母的要求与希望只有转化成为孩子自己的要求与希望，父母的要求与希望才有其正向的意义。如果父母的要求与希望是脱离孩子当下需求与意愿时，父母的要求与希望往往适得其反，孩子不仅不对父母的要求与希望理解与认同，反而会产生强烈的抵触与反抗。

小A妈妈：看来，我不是一个合格的妈妈。

我：父母不是不可以提要求与希望，但一定是在认同与欣赏的基础上提出来的，而不是一边否定一边提希望，一边表达不满一边提要求。比如，"这已经足以让我欣喜不已，如果再上一个台阶，那一定会更加美好与幸福"。这样表达出来的要求与希望一定会很自然地成为孩子继续前行的动力。

小A妈妈：对的，就是如何转化才是关键。而我们这种虎妈太过于急切，往往忘记了初衷，忽略了感受，还是要慢下来，静下来，用微笑去对待，用爱去感化，我总是对别人的孩子有足够的耐心，却对自己的孩子没有一点点耐心。

我：恭喜您！

洞见：父母怎样对孩子提要求与希望？不忘初心，不忘爱的初心，不忘一切为了孩子健康快乐成长的初心。

05
小 A 的心理素质

我和小 A 妈妈一起在看小 A 的乒乓球比赛，为小 A 加油。小 A 在场上与对手你来我往，比赛紧张而激烈。

小 A 妈妈问我："怎样培养小 A 的心理素质？"

我听出了小 A 妈妈的言下之意，影响小 A 的比赛结果除了球技之外，比赛时的心理素质也是非常重要的一个因素。

我说："你是要培养他面对球场上劣势时还十分冷静稳定的抗压能力的心理素质？还是要培养他屡战屡败，屡败屡战的不气馁的抗挫折打击的心理素质？还是要培养他刻苦训练不抱怨的抗艰苦的心理素质？"

小 A 妈妈说："他好像都要提高。"

我说："这些心理素质属于实战应急心理素质，不是刻意能够培养出来的。大比赛打多了，他的经历阅历多了，或者随着年龄的增长、球技的增长，他打比赛时的实战应急心理素质自然会提高。"

小 A 妈妈说："那我能做什么？"

我说："你要区分哪些是比赛当时的情绪自然表现，哪些是心理受挫或心理积郁或心理放弃产生的消极情绪。比如输了就哭，或比赛前紧张不想吃饭等，这是当时的情绪自然表现，这些表现是有利于建立心理平衡的，你不必担心。而由挫败感引发的郁闷或放弃或责怪等消极情绪如果反复出现时，则要高度重视。他可能处于非正常性焦虑之中，这的确关乎他比赛心理素质的健康发展，你要高度重视。"

小A妈妈说："那他现在打比赛还是很积极的，很兴奋的。"

我说："那他打比赛的心理素质挺好的呀！热情、积极、主动是心理素质良好的外在表现。"

小A妈妈说："我明白了，谢谢！"

洞见：什么时候要重视孩子的心理素质教育？答案是：消极状态反复出现时。

06
事与愿违

小A妈妈给我讲了小A学习成长中的一些故事。

在小A上小学二年级时,小A妈妈叫小A去学书法,小A说:"不去!"小A妈妈没有放弃,先是一次又一次苦口婆心地说了一堆道理,小A还是说:"不。"这下子,小A妈妈发火了,说:"不去也得去。"在妈妈的高压力下,小A开始学书法。过了一年,小A妈妈又叫小A去学奥数,这次小A学乖了,知道说"不"无效,于是与妈妈讨价还价说:"如果要让我学奥数,那就带我去旅游一次。"妈妈勉强同意小A的要求,小A开始上课外奥数班。又过了一年,小A妈妈又叫小A去补习英语,小A这次不知为什么,又说了"不",并且与妈妈对抗得很厉害,不管妈妈态度怎么强硬,小A就一哭二闹,就是不去补习英语。这下子,小A妈妈又恼怒又无计可施,向我咨询求助。

小A妈妈:小A越来越不听话,我真担心。

我:小A这次如果还乖乖地听话,才更令人担心呢。

小A妈妈：为什么？

我：你喜欢小A一直依赖你吗？你想把小A培养成"顺民"吗？你想一直去否定小A自己的独立意志吗，让小A越来越不认同自己吗？

小A妈妈：我多么希望小A能够自己决定自己的行为，自己去追求他自己想要的学习。可一直以来，我不督促，他就不会主动地学习挑战呀！

我：要能够自己决定自己的行为，自己去追求他自己想要的学习，小A得具备怎样的自我意识？

小A妈妈：我不知道。

我：小A觉得这是他应该做的，也是他擅长的能够做好的，并且也是可以由他自己决定行动的、进退的，他努力去做的行动也会得到父母或老师的支持。可这些自我价值感，你从小培养了吗？当他向你说"不"时，你欣赏吗？同意吗？学习书法、学习奥数本没有过错，可对他来说，是被迫的，如果一直生活在被迫学习的情境中，结果会怎样？知识与技能对一个孩子来说多学一点少学一点不会影响孩子的一生，可丧失自我意识和纯真的好奇心的后果却会怎样？

小A妈妈：你是说，是我扼杀了小A的自我意识？是我的自私造成了他的反抗？

我：小A正在为"自己的地盘"而努力抗争，小A明显地感觉到他再不抗争一下，他将真正失去"自己的地盘"。我欣赏他的这份抗争。存在主义心理学大师罗洛·梅说:"反抗都是个体在切断旧的联系并寻求建立新的联系这一过程中的必要过渡。"令人遗憾的是他正在消极地固执地运用他正在崛起的独立能力,来切断与你的联系。

小A妈妈:还好你提醒我,我在小A的教育上如果一错再错,后果太可怕了。

洞见:大人在教育孩子的路上,为什么常常事与愿违?
答案就是,大人总是否定孩子,即大人总是以牺牲孩子的自我价值感来满足大人希望的知识与技能的发展,更可怕的是,这种牺牲会产生蝴蝶效应,有很大的可能会牺牲个体一生的自我价值感。

07
替孩子说话

家长 A 问我：校长，你为什么总是替孩子说话？

我说：因为你的孩子在你面前，她是弱者。我选择替弱者说话。再加上，我是她的校长，我必须选择首先站在她那边维护她。

家长 A：你不知道，她就是跟我拗，死拗。有时就用哭、用拒绝说话这些方法打败我，这是她的伎俩。

我说：看到自己的孩子战胜自己以达到自己的目的，你是喜悦还是愤怒？

家长 A：恼怒。

我说：我却觉得孩子很棒，很庆幸她在这十岁的年龄段以胜利者自居，并且这种胜利明显捍卫了属于儿童自己的地盘，不至于成为大人的附属品，这有利于她形成良好的自我意识。但这其中会有些遗憾。

家长 A：什么遗憾？

我说：这是她花大力气斗争来的，并且斗争中可能会让你不爽。或埋下下次即将失败的因素，因为，惹你生气，她的下场好不到哪去。

家长 A：是的，我今天发火时忍不住打了她。

我说：我真的替你孩子打抱不平。你应该承认，造成孩子跟你死拗，是你的责任。她与你死拗，是因为她正处在焦虑之中，这是因为她的需求与你的需求冲突的时候，她的需求往往会被你的冷漠扼杀或强硬制止，久而久之，她如果想实现自己的需求以及摆脱由此带来的焦虑，她只能选择使用不可理喻的拗。你想一想，她的不可理喻的拗是不是来自你的不可理喻的"拗"，以至你被她惹火了惹恼了，她还是不依不饶还是继续拗，其实她对你的这份冷漠也是你造成的，是你先前对她的需求的冷漠造成的。

家长 A 听着听着，眼眶变红了。

洞见：孩子对待父母的态度与反应方式往往就是父母对待孩子的态度与反应方式的翻版。要解决孩子对待父母的态度与反应方式上表现出来的问题，父母只要改正自己对待孩子的不友好态度与粗心的反应方式，孩子的问题自然就会迎刃而解。这就应了那句老话："解铃还需系铃人。"

08
操之过急

小A妈妈在微信群里发了小A写字的照片并配文：看她写作业可以减肥，气饱了！

我看到了，给小A妈妈发去短信：她是不是不专注？

小A妈妈：让她坐端正，她就整个身子都往后仰，让她笔往上拿点，她就握在笔的最上端。

我：她故意吗？

小A妈妈：就是我平时越纠正，她就故意越唱反调。

我：这孩子敢与妈妈唱反调，我喜欢。

小A妈妈：我要非常严厉地凶她，她才会听进去，都没法和她愉快地交流，问她这样有没有意思，还会很大声地回答：很好啊！

我：孩子的手与脑之间的发育协调性正在增强，当然也不能逼得太急。她不是不想握好写好，而是手脑还很难协调一致。你是不是逼急了点，她唱反调是自我保护。这是她自我意识增强的表现。

小A妈妈：那怎样让她喜欢写字？其实作为妈妈的

我，在陪伴她做作业的过程中，要先调整好自己的心态，这个我要检讨。

我：妈妈先不要太看重她写字的工整性与写字速度，妈妈应先让她爱上写字。即让写字变得有趣一些。

小A妈妈：我刚才问了她一个很傻的问题：喜欢写字吗？她回答我：不喜欢，不要问我原因！

我：写字本身就太枯燥太机械，又加上你老说她这不好那不对，她很难有动力与动机。不过你可以尝试一下以下一些策略，比如，你向她请教字怎么写，笔顺如何？比如你和她比字谁写得好，结果故意输给她，比如表扬她哪个笔画真美，比如欣赏她歪歪扭扭的儿童体，比如允许她边写字边听音乐等。

小A妈妈：好的，我试试。

洞见：妈妈对待孩子的学习，为什么总是操之过急？

一、对孩子的学习期望值过高，一旦高过孩子的学习成长节奏，妈妈总会不由自主地催促。

二、妈妈自身处境的焦虑，很容易转嫁给孩子，对孩子又慢又幼稚的学习表现产生不满甚至发火，一旦不满发生，就会对孩子产生极强的反作用力（埋怨指责），反作用力越大，孩子越反抗，妈妈越着急。

三、妈妈习惯用横向比较，总是看到孩子的学习短板，孩子的短板会让妈妈寝食难安，就心急补孩子短板。

四、残酷的社会竞争，让妈妈对未来担忧害怕，这份担忧害怕也一定会让妈妈自动地把孩子带入激烈的学习竞争的状态。

五、妈妈对孩子的学习心智发展缺乏认知，往往对孩子学习发展中出现的问题束手无策，问题一来，就忍不住下猛药。

09
家长的需求

家长 A：林校长您好！老师应该公平地对待每一个学生，对吗？虽然我孩子没那么优秀但也不是很差，但我觉得孩子很少会得到老师的关注。我有点笨，不知道该跟老师怎么样去交谈，才能让孩子得到老师的关注。校长你可要教教我噢！孩子写的微文得不到老师的关注，孩子也会失望的，对不？

我：把你的需求直接告诉老师。也可以与老师商量出达成孩子学习新目标的一些具体的家校合作的策略，用目标凝聚老师们与家庭的力量。老师一定会支持到你的。

家长 A：我直接说，老师会接受我的想法？在老师眼里肯定是一视同仁不存在任何问题吧？也无所谓了！校长。像我这种不善于去交流的人，解决一时也解决不了一世。

我：你悲观了。

家长 A：我现在是希望孩子自己每天要学会写微文，希望老师能每天给她点个赞。

我：你不能只停留在希望老师多关注孩子这一层面上，你应该把它变成主动地寻求老师帮助的行动。你可以反过来想，你不是去求老师，你是去支持老师，让一个老师知道孩子的需求与家长的需求，这有利于老师更恰到好处地做好教育孩子的工作；你是去支持老师，让他发现自己工作中的粗心大意，发现没有对每一个孩子及时点赞而造成的负面影响，帮助老师成长就等于帮助孩子成长，并且帮助老师成长也是你们家长的责任。这样，你就会充满信心与勇气和老师对话了。

家长A：你这样说也对。

我：你自己能下定决心与老师交流一下想法吗？需要我帮你去说吗？

家长A：校长费心了！我自己先试试看。

我：你把孩子的微信推荐给我，我来支持她。

家长A：好。

洞见：老师教育孩子的目的与家长教育孩子的目的是一致的，即一切为了孩子更好地成长。可为什么在老师与家长的合作上却会有分歧甚至会产生抱怨与猜忌？除了双方主观上缺少及时友好的沟通与交流、缺少以德抱怨的谅解行动等原因之外，客观上的原因是，家长的需求点是一个变量，并且一个老师要面对一群家长的需求变量，不能完全一视同仁与及时满足就成了一个相对概率事件。但是如果老师建立起能及时了解到家长需求的各种机制，以及家长能及时主动地告诉老师关于自己的需求变化，在这个积极的互动中不断达成共识并建立起亲近的情感，以及形成相互理解相互支持的快乐合作局面就是完全可能的。

10
从家长的角度看

我把昨天写的《家长的需求》一文发到朋友圈，A、B、C、D四位家长就在微信上进行你一言我一语的读后感分享。

A：老师也很难做的，昨天我们班的一位家长和我说，她儿子在微信上问了老师一个问题，老师回复的时候，口气上让人觉得不耐烦，家长就觉得很不舒服了。老师也可能是一时着急，哎，真的好难做。

B：心态决定行动，家长有时候怕搞特殊化，于是下意识地把所有与老师的交流都归类于特殊化，换个角度出发其实相互交流就是互相支持与配合。

C：有时想和老师说说，又怕老师烦我们。担心老师会想：就你事多。如果不说，心里又不安。

B：不带情绪的，真诚的直话直说的心态很重要。归根结底老师也是希望孩子好的，不指责不抱怨共同解决。再说，老师的精力有限，不直说，就错过时机又给心里添堵。

D：我觉得更重要的是教孩子学会克服焦虑性依赖，学会不一定要从老师的认可中去肯定自己发展自己，当然做妈妈也一样。

A：我相信，崇德的老师是不会疏忽或委屈哪一个孩子的，有一些和老师沟通的方式，需要孩子和家长自己去进一步地沟通解决，也是锻炼孩子们。

洞见：老师与家长的关系既不是服务与被服务的关系，也不是教育与被教育的关系，也不是领导与被领导的关系。他们之间似乎是平等的，似乎又是不平等的，有时教师会领导家长，有时家长会领导教师，有时他们之间一会儿可以很亲近，一会儿可以很疏远。即使老师与家长之间的关系变化多端，但有一点是永恒不变的，老师都渴望得到家长的认同与尊重，家长都渴望老师给予更多的支持与厚爱，两者的需求点有所不同。因此老师与家长之间要建立互惠的合作关系，必须要先满足一个前提，即家长认同并尊重老师，老师要支持与厚爱家长，达成此共识，并实现此共识，老师与家长的关系就会自然进入良性循环的轨道，彼此交流沟通就畅通无阻。

11
珍贵的建议

晚上，家长 A 给我发来一段话，我如获至宝，甚是感动。

"林校长，班里老师离职的事挺突然的。今天有妈妈私信，我才知道。大部分妈妈也才发现，之后妈妈群里蛮多议论，有的妈妈说新来的老师也很好，有的妈妈非常不理解。我对换老师是很支持的。我知道上海有的国际学校，每一年基本上会将全部老师换一次，连班级都是打乱重新再分班的。我曾经去问过学校，他们为什么这样做。学校说每个老师身上都有特别的东西，每个孩子都需要学会和不同的老师相处，学到不同的东西，班级打乱也是为了孩子学会如何和不同的人合作。而且小学读完，孩子可以有四个班的同学，不仅是一个班。我了解之后，觉得他们的做法很先进。当然，我还了解到他们学校做这件事还有一步，开学前一个礼拜，新老师会群发一封邮件给全班，介绍一下自己，他是哪里人，什么学校毕业，什么专业，之前的经历是什么，有什么特别的兴趣爱好等等。这样家长和孩子心里就有底了，还有的老师会发一些自己的家庭照片什么的。现在好多学校，如果不是家长去打听基本上是不清楚老师的背景的。如果有个新老师正式地自我介绍，家长会安心很多，其实我觉得每个科目的每个老师都应该向家长展示自己的背景、经验、特长，这样家长在专业问题上会更信任老师，这是我的一点建议。"

我回复："好的，你的建议非常珍贵。我想，我们学校以后也要把教师资源多多共享，在现有走班教学的基础上，开展更多走班教学。"

家长 A 说："家长安心，孩子才能定心。走班其实是很好的方式，国外一直是这样的，中国家长老强调熟悉感，其实孩子需要丰富性的教师资源和变化的学习氛围，因为只有丰富性才能满足孩子的差异性与创造性发展。我们要不断强调学生与更多的老师更多的同学互相合作，互相学习。"

我说："你今天给我的不仅是支持，而且还让我更坚定了我内心中早已确定的对崇德教育推进的方向。"

家长 A 说："到处浅尝即止，到处种草，真爱是不会发生的。加油，校长！"

洞见：同一个班级是换了一个老师，为什么有的家长乐见其成，有的家长忧心忡忡？很多时候，都是人的观念、阅历与心性在作怪。阅历丰富的人总能看得更透更远，看到事物后面的变化的可能性，阅历窄的人总会被眼前的环境的变化而心烦意乱。还有，乐观的人总乐见其成，悲观的人总是愤世嫉俗，乐观的人总能因势利导，悲观的人总是在讨论原因或忙于计算自己的利益，乐观的人总是相信别人接纳变化，悲观的人总是局限于迎合自己意愿的就是好，偏离自己预料的就是不好的固执中。而恰恰因有这样不一样的心绪的家长，才有了家长之间以及家长与学校之间很多的沟通与辩论，只要大家在讨论中不忘一切为了教育孩子的初心，真心诚意心平气和地尊重不同的意见与建议，一切意见与建议都将是珍贵的，一切的分歧也是珍贵的，一切的感情一定越辩越真，一切与教育相关的真理也一定越辩越明，共识也即促成，多方共赢一定得以实现。

12
暑期学点什么

小A妈妈咨询我：暑假到了，各种兴趣班，又开始了，我也想让儿子学点，但是和儿子商量后，儿子什么都不想学。我想类似的事情，应该很多家长也有这种经历，不学，觉得浪费暑假大把时间；学，其实很多时候都是我们父母强迫的。既想让小朋友有一个快乐的童年，又不想让他不学无术，困扰中。

我：儿子几年级？

小A妈妈：二年级。

我：可以引导他学习一些运动类的，游戏性强一点的课程。比如乐高呀，轮滑呀。

小A妈妈：我想让他学唱歌，跳舞，画画之类的，难道我在无形中强迫他？

我：难怪他什么都不想学！

小A妈妈：我真的在强迫他？

我：没有一个男孩不想尝试"玩劲十足"的项目。只要你带他去训练现场感受感受其他孩子积极学习的氛围，他就会做出选择。

小 A 妈妈：好的，我尝试引导一下。

我：学习是一个过程，过程比结果更重要，有了兴趣，孩子就会自己推着自己往前走。暑期里恰恰是培养自主学习、兴趣学习最好的时机，让他自己选，允许他尝试一下，不喜欢再换试另外一个课程，自由学习也是找到兴趣的重要法门。

小 A 妈妈：嗯，先试试你的方法。

洞见：在学习的认识上，儿童与大人的认识不一样在哪？
> 儿童在学习的立场上往往是无目的的，他们享受的是学习带来快乐的体验；而大人在学习的立场上是有目的的，甚至是功利，大人更多在乎的是儿童学习的结果。如何调和儿童与大人的学习立场的冲突？这考验着大人的教育智慧，给孩子时间与空间做自己想做的事情，是大人对儿童的学习立场的尊重，是大人对儿童学习的真正的引导。

13
小 A 犯错误之后

小 A 妈妈发微信咨询我：林校长，您好！我儿子在读初一。今天发生了一件事情，突然发现自己教育儿子好失败，我无意中发现我微信转账记录里有好多笔 Q 币充值的记录，一查是从 5 月 13 日开始到 6 月 18 日，一共转了 1200 多元，从开始的 9 元到上星期六一次就 330 元，我马上意识到是儿子拿我手机充值玩游戏了！平时他表现一直都还好，也很独立，星期一至星期五都不玩手机的，就休息日会拿他外婆的手机玩，可我怎么也想不到他居然会拿钱去充值玩游戏，突然觉得自己太不了解他了，也真的很生气，但不知道该怎么引导他。我和他爸让他写保证书了。林校长，您觉得这样的事情严重吗？

我说：男孩子，犯过错误，才知道什么是对是错。保证书都写了，他也知错了，他知错能改，反而要肯定他。你不能因孩子犯了一个错误就把他的其他好的品质都一块儿当垃圾了。面对孩子的错误，你们必须学会冷静地就事论事。

小A妈妈：那是我把事情看太严重了？林校长，您儿子平时玩游戏时间多吗？您如何看待玩手机这个事情，这是我最头疼的了。

我说：我们允许儿子玩游戏，他是游戏高手。他拥有最先进的游戏机。

小A妈妈：让他玩游戏，你们没有附加条件？

我说：有时会说，要玩就要玩到最好。我们完全信任他，支持他在玩游戏中获得好心情，甚至获得一些玩游戏的学问。

小A妈妈：那我儿子会这样，难道是平时我们限制他太多造成的？

我说：没有一个男孩子不想探究一下神奇的游戏世界，堵是堵不住的。他如果不想探究神奇的游戏世界，这倒令人担忧呢。

小A妈妈：谢谢林校长！我大概有点明白了，我要再好好理一下自己的思路。

洞见：孩子犯错误有主观原因，也有客观原因。如果在追究孩子错误行为的时候，忽略对客观原因的追究，而全然地怪咎孩子是不合情理的，是不道德的。面对孩子犯错误，既要他承担由他犯错带来的责任，也要他从犯错误中吸取教训并积极改正错误。如果能做到以上两点，犯错误反而成就了孩子对某个事物的正确的认识以及有意义的自我教育。

14
小 A 的英雄壮举

小 A 是好友的儿子，现在读六年级。

我与小 A 好久不见，一见面自然就友好地聊起来。

我问他："你现在对爸爸妈妈有什么要求或建议？"

小 A 抬头瞄了坐在身旁的父母一眼，说："挺好的，没什么要求。"

我心知肚明，就说："那你告诉我一些，你在学校或在家里的英雄壮举。"

这下子，小 A 来劲了，一个接着一个说他的英雄的故事，有他为了澄清老师对他的冤枉而据理力争，最终让老师改口的故事，有为了向学校保安证明他对保安的不满而把垃圾扔在保安面前的故事，有故意不执行与妈妈的承诺来影射对妈妈不信守承诺的不满的故事

聊着聊着，小 A 突然说："大人有时会乱来的。"

我们一脸好奇。

小 A 提高音亮："晚上的时候，爸爸妈妈会说，你是小孩，正是长个子的时候，快点睡觉，老这么晚不像话。

早上的时候，爸爸妈妈就会说，你是大人了，还不起床，起床之后把内务整理好，是大人了，自己的事自己干。"

小A说完，一脸无辜地看着我们。

我们听完看着小A的表情，不禁哈哈大笑起来。

小A的爸爸妈妈先是有点尴尬，随后也忍不住哈哈哈地笑起来。

小A看到爸爸妈妈不好意思的笑，一脸严肃。

洞见：在孩子十岁以后，常常会以战胜大人为骄傲。为什么？在儿童自我意识形成的路上，大人的权威或大人自以为是的管理是极大的障碍，而儿童先天的寻求独立人格的勇气会努力地去冲破这个障碍，即使背上"叛逆"的形象。这时候，想要胜利的意愿和害怕胜利的意识其实是共存的。因此赢得胜利的时候，瞬间产生的成就感带来的喜悦是令人兴奋的，这份兴奋会暂时冲淡对"叛逆"的害怕，让自我意识得到一次深刻的挖掘。

15
咨询的意义

小A爸爸咨询我：小A比较懒散，拖延症患者，作业写一小时愣是写四个生字。我试过几种办法，效果不明显。我很急。

我说：到二年级一定会有很好的变化。小孩子这种现象有时跟她的大脑发育有关。

小A爸爸：生活上也是，穿衣服磨叽，吃饭磨叽，出门磨叽，很容易被中途其他事物所影响，注意力不集中。

我说：要接纳她这些不足。从中挖掘她在这方面的一点点进步，就大力肯定。不断公开表达她开始变化的决心与可能性。

小A爸爸：对，我要反省，先从包容做起。

我说：从我的经验，可以通过某项体育运动来训练她的大脑反应机制与快速行动力！比如跑步、轮滑等。

小A爸爸：好的，一同参与到运动中去！

我说：切忌不能让她觉得她有拖延的毛病，这是矫正过程中一定不能出现的判断。一旦她自己都意识到自身有缺陷，她就会看不起自己，要矫正就难上加难！

小A爸爸：小孩子犹如蝌蚪，拖着尾巴游走。父母伴其左右，护她童年无忧。

我说：静静守候与等待是伟大的父爱。

小A爸爸：向您学习！聊天中指引我方向。

我说：有问题多咨询！明天我去了解一下你孩子的情况，我们一起努力，支持她。

洞见：咨询可以是倾述，也可以是询问，也可以是讨论，但必须是伴随着勇气与决心。因此咨询是一种有建设性的行动，既能缓解或消除焦虑，从而改变对问题的态度；也能改变看问题的思维与角度，找到解决问题的方法。

16
这是勇气吗

小A妈妈咨询我：其他同学的绘画作品都被老师发到了作品群里，全班唯独没有小A的作品。我问小A后了解到，小A绘画作品在半成品的时候是非常棒的（我从美术老师那拿到了小A半成品的图片，证实了小A自己的说法），可到作品快完成的时候，小A却觉得绘画失败，撕毁了作品，故唯独她的作品没有展示在作品群里。请问校长，小A撕毁作品是勇气吗？

我回复：小A撕毁作品，是小A对自己的绘画创作高期望值与其绘画结果不匹配之间矛盾引发的。这首先来源于她对自己绘画结果的高强度期望的专注性。其次，撕毁自己的画作来自于她对自己的绘画结果不满。最后，如果这份撕毁的行为激发了她继续创作的努力，那这份行动是带有建设性的破坏，属于真正的勇气，值得欣赏。如果这份撕毁是伴随着发怒与自我放弃，那撕毁是一种情势所逼的自我逃避，是自我意志没能实现的自我焦虑所致，需要给予建设性引导。

洞见：一种自我破坏的力量的产生是由于勇气还是由于焦虑？

一、看清破坏的目的是为了更好地建设与继续，清楚地知道自己想要什么；还是为了逃避与放弃，表现出自我的困顿与迷失。前者由于勇气，后者由于焦虑。

二、看破坏时的情绪，勇气伴随着镇定与理性，焦虑伴随着暴力与懦弱。

17
斗争中的焦虑

"妈妈，你们真虚伪！"小 A 直接冲着母亲说。

"啊！"小 A 妈妈故作镇定。

"你们嘴上说，只要我开心就好。可背地里你们却是另外一套。"小 A 情绪激动。

"啊？"小 A 妈妈第一次听到小 A 如此尖锐的指责，一下子不知所措。

"我无论想干什么，如果合你们的意，你们就同意，如果不合你们的意，你们就不同意。你们什么时候尊重过我。我不想要的，你们变着法儿压我，哄我，并且口口声声说为我好。"

"啊！"小 A 妈妈的脸火辣辣的。

洞见：小 A 为什么会如此激烈地斥责父母？

一、来自小 A 失去父母依赖的孤独与恐慌，一个孩子从婴儿期完全依赖父母到青春期分离父母成为一个成熟的个体这个过程中，与父母之间的斗争是必然的。这份必然是为了割断与父母的联系而成为一个独立的个体，这好比没有一个人到了18岁的时候还愿意被拴在父母裤腰带上蹒跚学步。一边非常想追求独立一边却不想放弃对父母的依赖，况且对父母的依赖是永远不可能彻底放弃的，因此有时越激烈的斗争恰恰是在失去父母的依赖时的孤独与恐慌而造成的。

二、来自小A对自己走向独立的意义的怀疑与自责。如果父母口头上表现出放手与信任，实际上却由于焦虑孩子的斗争而在暗地里加强控制，孩子就会陷入不知所措的焦虑，因为父母撒谎会让孩子由于丧失了心中父母慈爱的原型而产生前所未有的创伤，这个心理创伤是因为觉得父母的慈爱的丧失与撒谎是自己的斗争造成的。依赖已经丧失，分离成独立的个体不仅举步维艰而且可能伤害父母，小A的青春期的焦虑在所难免。

18
建设性运用焦虑

小A妈妈在分享《人的自我寻求》读后感时说，这本书给她带来了太多的启发，并专门讲了她运用书中的理论成功化解了"小儿子一醒来发现妈妈不见了就哭"的经验：

小A妈妈很重视"小A一醒来发现妈妈不见了就哭"这一焦虑，她主动地与小A聊天。

小A妈妈问小A：你一醒来发现妈妈不见了，你会哭吗？

小A回答：会。

小A妈妈继续问：你觉得，早上妈妈早早醒来，妈妈可能去干什么？

小A回答：可能去刷牙，洗脸，烧早饭。

小A妈妈说：是的，妈妈不见了，是妈妈开始忙事情了，可妈妈还在家呀！如果你想见到妈妈，你可以起床后在家里找一找呀！或大声地叫，妈妈你在哪呀！你做得到吗？

小A回答：做得到。

小A妈妈又说：有时候你醒来妈妈不见了，也有可能妈妈上班去了。家里妈妈不见了，可家里还有谁呀？家里一定还有外婆呀，姐姐呀！你醒来了，可以去找一找外婆呀，姐姐呀！你能做到吗？

小A回答：能。

第二天，小A妈妈故意早起，然后观察小A醒来的表现。结果让小A妈妈非常兴奋：小A醒来发现妈妈不见了不仅不哭，而且自己穿好衣服开始下床找妈妈。小A妈妈适时出现在小A面前，并给小A一个大大的拥抱与一句大大的肯定。

洞见：家有小A，在幼儿园上小班，早上起来一见妈妈不见了就哭。如果你是小A妈妈，会怎么处理？A.不理他。B.立马过去抱他。C.把他骂一顿。D.给他建设性的目标。小A妈妈采用了D的做法，这是她成功化解"小A一醒来发现妈妈不见了就哭"的具体策略。A表现出妈妈的冷漠，这样做会促使小A在这个焦虑上越陷越深；B表现出妈妈的担心，这样做会剥夺了小A自我化解焦虑的机会，造成小A依赖；C表现出妈妈的迁怒，这样做会造成小A回避自身的焦虑反射，从而造成自我需求的混乱，产生另一层面的更大的焦虑；唯有D

表现出妈妈从小A的心理需求出发，及时满足小A努力走出焦虑的心理需求，从而帮助小A建立正常的自我面对自我焦虑的意识。建设性运用焦虑者的焦虑，给焦虑对象建设性目标需要以下几个步骤：1.敏感地觉察到对方的焦虑，感受到焦虑者求助的信号。2.找到焦虑者产生焦虑的源头，即找到造成他的无所适从或不知所措的心理困境。3.引导他找到走出心理困境的目标，并创造让他独自走出困境的机会。4.及时肯定认同焦虑者转焦虑为建设性的行动的自我内在的力量。

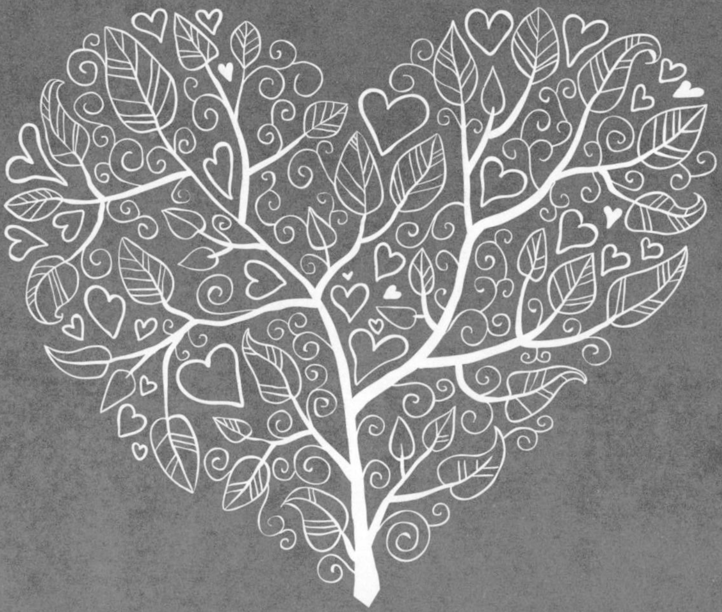

为什么孩子们彼此一笑能抵恩仇？因为孩子们的世界有别于成年人的世界，孩子如果彼此笑了，那就是真正地卸下了沉重的防御与敌意，重新开放出了允许与接纳。因此，如果教育引导得当，孩子们经历的一些冲突反而成为了孩子们向内认识自己、重塑自己，向外建立关系的窗口。

第七章

01. 静等花开
02. "不满"从哪里来？
03. "悲哀小熊"的投诉
04. 现代孟母
05. 在冲突中成长
06. 意想不到的"勇敢"
07. 不开心的小A
08. 转逆境为顺境
09. 一位妈妈的苦恼
10. 诺诺的焦虑
11. 为什么说谎
12. 矛盾是改善关系的良机
13. 阶段性持续也是持续

01
静等花开

小 A 妈妈咨询我：我感觉小 A 越来越依赖我。我花在他身上的时间也不少，但我觉得没有效果。

我说：具体说一说。

小 A 妈妈：比如他今天做作业，从 12 点半开始做，到现在 5 点还没完成，并且还需我教他才完成，他做作业效率低下。

我说：还有呢？

小 A 妈妈：就像今天教他写春游日记，我说了好久，他只是写出来一点点内容，即使写出来的内容也像幼儿园孩子写的感觉。我说写得不好，他就哭了，还哭得很伤心。

我说：孩子学习能力是不是相对弱一点？

小 A 妈妈：我儿子虽然说 9 岁，我感觉可能也就 7 岁的思维能力。

我说：孩子的头脑发育与自我信心的形成，以及自主学习能力的养成都需要一个过程。并且每个孩子都千差万别，在这个过程中，母亲欣赏与耐心陪伴孩子至关重要，你要有耐心。

小A妈妈：有时也总觉得自己急于求成。

我说：如果他心智确实发展慢一点，你就得尊重他慢一点这个事实，每一朵花都有不同的花期，你有时需要静等花开。你说"我感觉小A越来越依赖我"的感受有可能是错觉。我觉得小A在成长的路上，应该是越来越想独立，也会越来越独立。他只有在面对你的催促与教导时，为了防止与你发生冲突，他才养成"一切都先问一下妈妈"的处事方式，这其实是一种明智的妥协。这份明智的妥协既有害怕犯错被你数落的防卫的一面，也有努力地按你想要的结果积极迎合的一面。如果你能既看到他脆弱的一面，也看到他主动行动的一面，你就知道，你该从何处激励他，引导他。小A在生活学习中将会继续遇到很多困难和挫折，而这似乎没有捷径，困境中他更需要的是你的耐心以及你一如既往的欣赏式的引导与激励，这比你教他做好作业更重要。

小A妈妈：听你这么一说，我宽心了很多，也知道了自己努力的方向。谢谢。

洞见：爱的教育需要耐心。耐心是一种饱满的持久的爱，有耐心的父母老师能放下担心与比较而更具同理心，有耐心的父母老师能持续地保持温暖的陪伴而成为孩子敢于拼搏的坚强后盾。

02
"不满"从哪里来？

小A妈妈问我：我为什么总是对小A不满？

我说：因为小A的表现总是让你不满意。

小A妈妈又问：那小A的表现为什么总是不让我满意？

我说：因为你只看得到小A表现中的缺陷。

小A妈妈又问：我为什么只能看到小A的缺点？

我说：因为你用你成人的要求、你成人的希望来看小A的表现，你是评判者，你总是挑剔小A的表现，你自然只看到小A的缺点，因为你想进一步塑造小A，因为你永远希望小A更优秀，所以不管小A如何表现，小A都不够优秀。

小A妈妈又问：那为什么我看到小A不够优秀，我就对小A不满？

我说：你看到小A不够优秀，小A就会感受到你的评判，小A就会对你不满对你排斥，当你看到小A不够优秀时，你就会担心，当你感受到小A在表现不够优秀时还对你态度不好，你的担心就会增长，当你这样的担心经常被强化后，你就会失望，一旦你对小A的希望变成失望，你对小A的不满就自然不消停地增长。这时候，你就会被自己的不满情绪蒙蔽了自己的感性能力与理性能力，你就会丧失你作为母亲的爱，你甚至还会忘了小A还是个儿童，小A自然会在你不满的包围中，成为受害者。

小A妈妈说：这样说来，我对小A的不满来自我自己的意识，改变我的意识方向与意识的动机并觉醒我的爱，就能消除我对小A的不满。我一定要消除对小A的不满。

我说：恭喜你，我感受到了你的智慧的成长，是你作为母亲的爱的觉醒让你成长。加油！

小A妈妈说：感恩有你。

洞见：如果小A妈妈对小A的不满消失了，小A妈妈就解放了，小A也解放了。如果每一个母亲，自始至终保有母亲的爱与自觉，自觉对孩子是欣赏是喜悦，自觉乐见其成，孩子就会相对应地表现出对母亲的纯粹的信任，表现出自身从小到大的纯粹的自然的生长与努力，以及不断表现出潜在的优秀的天赋。

03
"悲哀小熊"的投诉

今天的《永康日报》"Q来Q去"一栏刊登了一个10岁孩子的烦心事，一下子引起了我的注意。

悲哀小熊：我阿姨天天说我是路边捡来的，很烦。

主持人：你现在几岁？

悲哀小熊：10岁。

主持人：阿姨逗你玩呢。

悲哀小熊：邻居也这么说，我爸爸妈妈也这么说。爸妈天天让我上兴趣班，学奥数、钢琴、拉丁舞，还有很多。早上一个班，下午一个班，晚上还有一个班。爸妈对我这么狠心，把我都搞乱了，难道我真不是他们亲生的！为了证明我不是捡的，我还翻箱倒柜地找出了自己的出生证。（此处有删减）

看到"悲哀小熊"的处境，我心里感到震惊。

洞见：

一发问：一个10岁的孩子为什么给自己取名"悲

哀小熊"？为什么10岁的孩子那么在乎别人说他是"路边捡来的"？为什么10岁的孩子敢于公开投诉说爸妈对他那么狠心？为什么10岁的孩子对上兴趣班那么讨厌？

二区分：这个孩子表面是投诉，其实是抗争；表面是表达不满，其实是缺乏自我认同感；表面是为了证明自己是亲生的，其实是渴望有家的归属感。表面是厌恶兴趣班，其实是渴望有自己的时间与空间；表面是认同自己是只"悲哀小熊"，其实是渴望温暖与关爱。

三区分：一个10岁的孩子应该有一个无忧无虑的童年，可他却烦心满满；一个10岁的孩子应该对父母老师同学以及学习都充满热情与好奇，可他却充满敌意；一个10岁的孩子应该通过努力迎接美好的明天，可他的努力却是为了消除旧有的不安与痛苦；一个10岁的孩子应该习惯向身边的长辈亲人寻求帮助，可他却选择向陌生的人寻求帮助。

四区分：我们父母看到这个10岁的小孩的处境，我们是选择同情他教训他怀疑他，还是支持他欣赏他相信他？

五结论："悲哀小熊"的烦恼来自自我意识的混乱，自我意识的混乱来自父母无意识中对他的冷漠与控制。

六立即行动策略：一边唤醒父母设身处地照顾孩子心理成长中的冲突，给孩子减压松绑，为孩子顺利度过心理断奶期创造安全的家庭环境；一边引导父母不断与孩子创造亲密关系满足孩子享受良好人际关系的情感需求与外在自我认同需求；一边给孩子时间和空间做自己想做的事，发展孩子兴趣与自主创造，实现孩子内在的自我认同。

04
现代孟母

小A妈妈在微信给我留言：

小A妈妈：内心无比纠结。

小A妈妈：若暂时无法让我女儿去上合适的学校，连我都不喜欢的学校，女儿还要继续上，我可以为女儿做些什么？

小A妈妈：内心充满自责和愧疚。

小A妈妈：甚至想搬去永康，去你们崇德学校。可现实是，我不能总是太任性、强势。

读着小A妈妈的留言，我感受到了小A妈妈对小A正在经受的学校教育有很强烈的忧虑与不满，同时我也感受到了小A妈妈的爱与勇气正在积聚力量，我相信，小A妈妈一定能想方设法为小A换一所新学校的。

于是我回复：我支持你。

过了不久，小A妈妈又给我发来微信：

小A妈妈：去你们永康太理想化了，只能送她去滨海。早上某人终于受不了我烦了，答应了。原来女儿自己也和爸爸谈过不想上原来学校的事了。

我回复：试试看吧！

洞见：古有孟母三迁使孟母成为神话，现今像孟母一样为孩子能有更好的教育而迁移的例子却是比比皆是，例如户口落户北京、上海，学区房暴涨、出国留学低龄化、优质民办学校一位难求等背后，就有孟母大军的身影。造成现代孟母大军的社会原因一言难尽，而造成现代孟母大军的主观原因却发人深醒千年没变：一面来自孟母对孩子当下处境与未来可能性的焦虑，一面来自孟母对孩子的爱，一面来自孟母对真正的教育的理解与觉醒。

05
在冲突中成长

A 老师问我：校长，有两个学生的关系很奇怪，我感觉他俩之间有很大芥蒂，他俩只要一发生小摩擦，就会瞬间爆发大的冲突。而他俩与其他同学交往都不会这样。

我反问：他们之间是不是已经有多次较大的冲突？

A 老师说：是的。

我说：他们的摩擦，本身是微不足道的，但他们记忆中原有的冲突烙印会放大这小摩擦产生的"恶"，与此同时他们防卫甚至攻击的情绪也会瞬间放大很多倍。当两个人由于小摩擦瞬间失去"正常自我"的时候，瞬间爆发大的冲突是完全可能的。

A 老师问：我可以做些什么？

我说：原有的冲突烙印是消除不了的，但可以通过一些游戏和心灵体验活动增加一些新的美好的亲密关系的烙印。比如结成一组，合力战胜困难，比如用长长的筷子夹豆子互相喂着吃，比如长时间脸贴脸地紧紧拥抱，比如当着同学们的面互相说出对方三个优点，比如面对面互相用鬼脸让对方哈哈大笑。用由他俩之间亲密交往所带来的积极的愉悦的体验来调和他俩旧有的"仇恨"。同时，如果将他俩的亲密关系分享给同学们，由群体对他俩个体正向的交往产生的欣赏与认同会产生很好的外在推力。内外同时发力，他俩就能握手言和，一笑抿恩仇，如果由亲密关系带来的正向体验越来越丰富，他俩旧有不愉快的冲突烙印完全有可能会转化为促使他俩建立深厚情谊的肥料。

A 老师：谢谢，我知道该怎么做了。

洞见：为什么孩子们彼此一笑能抿恩仇？因为孩子们的世界有别于成年人的世界，孩子如果彼此笑了，那就是真正地卸下了沉重的防御与敌意，重新开放出了允许与接纳。因此，如果教育引导得当，孩子们经历的一些冲突反而成为了孩子们向内认识自己、重塑自己，向外建立关系的窗口。

06
意想不到的"勇敢"

小A上初中，学习成绩不错，每天学习也挺投入的。可是他对父母对他的过多的管束与干涉越来越不满，晚自习结束后故意不让父母接到，这可急坏了父母，父母派出大批人，到处寻找。小A身上没有钱，手机也刚被父母没收，小A只好不停地在街上走。结局在意料之中，没多久，小A被找他的亲人逮住，然后随父母回家。

用一句话形容小A：小A很"勇敢"，迈出了人生第一步。

洞见：小A用他的方式狠狠地教育了父母，这种看似过激的反抗方式却起到了敲山震虎的作用。可小A为什么要采取这样过激的方式来反抗呢？孩子进入青春期，特别在学习成绩方面和与异性交往方面会受到父母重点的严加看管。而这种严加管束往往让孩子反感。有些父母如果发现孩子一些"不良"迹象，就会偷偷查阅孩子的聊天记录来摸情况。如果父母这一行为一旦被孩子发现，孩子与父母的冲突升级就在所难免。然而，在冲突升级中，父母借家庭权力的优势，往往会赢，因为有些孩子在父母的严厉训斥或苦口婆心后会无奈地投降，把不满与抱怨往心里埋。有些"勇敢"的孩子就会采用"你不让我好过，我也不让你好过"的赌气方式来对抗父母。比如离家出走，吓唬父母；比如放弃某方面学习，威胁父母；比如态度冷漠，疏远父母；比如迁怒别人发生打架，急坏父母等等。这些孩子看似"勇敢"，其实是受伤后的自卫，有时会造成更大的伤害。可是不管是孩子言听计从还是过激反抗，父母赢也是输，父母输也是输，因为输掉了父母与孩子之间的信任与相互的尊重，输掉了孩子美好度过青春期的安全的温暖的家庭环境。尊重孩子青春期的各种体验，信任孩子在青春期的各种体验中能够自主建立正常的自我意识以及建立正常的异性交往，有策略地疏导孩子面对青春期过分的紧张好奇与害怕，才是父母应有的教育理性与管理理性。

07
不开心的小 A

昨天，我和小 A 聊了一会儿，我感受到小 A 有很多不开心。

我找小 A 班主任了解了小 A 在学校的各种表现，小 A 班主任介绍说，小 A 在学校各方面的表现是比较好的。于是我就想把小 A 爸爸妈妈找来了解一下小 A 在家里的情况。

小 A 爸爸妈妈应约前来我办公室。

我就问："你们是不是对小 A 有很多担忧？"

小 A 爸爸说："小 A 就这个学期开始，不爱背书。一年级时做作业很及时很快，这个学期做作业总是很拖拉。有时我会坐在她身边盯着她做作业，她就很反感，常说我如果继续盯着，她就不做。"

小 A 妈妈说："我一直对她的生活习惯管理得比较心烦，我给她规定的起床时间，她总是做不到。我对她的学习习惯也很操心，总要求她先完成作业再玩。有时她做不到，我就会生气。"

听了小Ａ爸爸妈妈的介绍，我确定小Ａ正处在被爸爸妈妈加强管束而不知所措的压抑状态，小Ａ在被管束中感受到了爸爸妈妈对她的不满与担忧，她自我意识上很想反抗摆脱这份管束，主观上又十分依赖父母。可爸爸妈妈一边在努力摆脱小Ａ的依赖让小Ａ更加独立自主，可一边又不允许小Ａ自由选择自己的生活习惯与学习习惯，爸爸妈妈无意识造成的这个矛盾管理给小Ａ带来了自我意识上的错乱，直接造成小Ａ怎么做都不合父母心意，再加上爸爸妈妈担忧情绪的传导，小Ａ心里负重前行以及行动上的匮乏导致不开心也就在情理之中了。

我就跟小Ａ爸爸妈妈聊了我的觉察与判断，我强调8岁到10岁是儿童自我意识发展的关键时期，只有一边继续满足小Ａ的依赖给予小Ａ全然的心灵支持，一边允许小Ａ自己安排自己的生活与学习以有机会实现自己的想法，才能让小Ａ朝着独立自主的自我意识方向前进。离开了一个独立自主的自我意识养成和开心的童年，好的习惯养成与养成勤奋刻苦的性格是不可能的。

小Ａ爸爸妈妈接受了我的引导，一致表态要还给小Ａ一个开心的童年。

洞见：儿童对父母的反抗是为了实现自我认同，随着儿童的年龄的成长，儿童的对外的反抗越来越强烈，这是促进儿童进入一个新的自我的力量，如果反抗成功，儿童就会实现独立的发展，会逐渐摆脱对父母的依赖，并建立自我发展的认同与信心。在儿童6—10岁的年龄阶段，作为父母应该敏感地觉察身上这份先天的伟大力量，尊重他、欣赏他，并因势利导，利用父母的认同以及父母的榜样示范助孩子一臂之力。切忌自以为是地漠视甚至打压孩子这份迈向新我的力量，切忌以成人的规矩与道德提前绑架孩子这份实现自我的力量。

08
转逆境为顺境

有家长咨询：我儿子今年十五岁，上初二，昨天数学老师打电话告诉我他上课做小动作被老师罚站。今天早上英语老师投诉他作业没完成，让我去学校一趟。我强忍着怒火去了学校，这次我听了您的话没骂他，只是教育了一下说：学习是为了他自己，希望他自己能明白。可是我内心是非常急躁而愤怒的，面对这样一个孩子我该怎样去引导他能真正明白学习的重要？他不是笨，而是非常懒散，学习不主动，考好考不好好像都无所谓。林校长，我现在真的有点无能为力了，不知道该怎样去引导他，您能否为我指点一二？

洞见：一个不笨的孩子，学习非常懒散，学习不主动，学习考好考不好好像都无所谓，这是为什么？一边是老师的惩罚，一边是妈妈的焦虑，一边是学习的无聊与压力，一边是自己生活的兴趣与生活情感需要被忽视，每天背负四座负能量大山的十五岁孩子，他还能跑吗？他还想跑吗？他还能跑得快吗？即使他真还能跑起来，他也不是为了学习，不是为了提升自己。他是为了摆脱老师的惩罚，妈妈的焦虑以及学习的无聊。这样的努力与努力的初心相去甚远，是一种痛苦的努力，是一种生命的浪费。努力是为了生命的绽放，这是顺境，孩子就会快乐地勇往直前；努力是为了摆脱痛苦，这是逆境，孩子就会逃避与放弃或用懒惰来抗拒。只有卸下孩子身上的负能量大山，孩子才能享有学习的轻松愉快，他才会回到正常的学习轨道奔跑；只要为孩子的学习奔跑创造顺境，在欣赏尊重自由的氛围中，孩子就会"直挂云帆济沧海"。妈妈是这个局当中的活棋，要真正帮助到孩子，妈妈一定要先动一步，妈妈将自己从焦虑状态下的索取孩子学习努力转变为纯粹的支持与爱，也就是妈妈先将自己的处境转逆境为顺境，处在顺境中的妈妈才能看到孩子的兴趣与情感的需要，才能真正成为转变孩子处境的顺利的力量。

09
一位妈妈的苦恼

一位妈妈发来微信：林校长早上好，您的每一条朋友圈都让我很受用，刚刚看了您的《洞见五十四》很有感触，您就像一个魔法师，能随手解开凡人的死扣。所以，就冒昧地向您讨教。一个男孩，13岁，上课老是讲话，经常挨老师批评，有时候不听老师的话，作业求快，质量低下，反正是很不讨老师喜欢的一个学生，同学们也开始嫌弃他，疏远他，他也想改变，但又怕辛苦，作为家长，我除了唠叨唠叨，我该怎么引导他？一个苦恼的妈妈。

吾：你数一数，你一共说了孩子几个"缺点"？

家长：四五个。

吾：再数数。

家长：7个？

吾：这些都是缺点吗？

家长：我自己都分不清了。

洞见：孩子在学校学习成长中由于学业跟不上会有诸如抄作业、上课没法专心、作业丢三落四等现象。面对这些现状，孩子会不知所措、焦虑、厌烦甚至逃避。再加上学校以学业结果论英雄，会忽略学生的内心压力，会忽视疏导学生的压力，有时家长在家继续施压，孩子就会每时每刻承受来自学校与家庭的"审判"。更可怕的可能是父母会被孩子成长中的种种"不是"绑架，情绪往往会更加激烈，如果又遇上所有努力付诸东流，父母的挫败与苦恼会成为家庭的空气。学生苦恼、老师苦恼、家长苦恼，三苦恼最终全汇聚于学生身上，学生不堪重负的结果是：失望、伤心、无奈、麻木。这与教育的初心背道而驰，这不是孩子的错，这是我们大人的错。为了孩子，我们大人一定要反思改错：一、家是孩子温暖的港湾，学校学业竞争已造成孩子内心恐慌与孤单，家一定是温暖的。孩子每天放学回家，先关心疏导孩子的苦恼，把学业的问题先放一放。此时，救人比救学更重要。比如每天多陪他说说话，不责怪，不过多口头教导与建议，做孩子温暖坚实的靠山，给予孩子更多实质性的帮助。二、即使孩子心志与学业一下子不能提高，一定不能苦恼，反而要更乐观面对孩子的苦恼。这对父母也是一次考试一次考验，父母乐见其成，孩子也乐见其成；父母泄气了，孩子也就跟着泄气；父母埋怨自责苦恼，孩子埋怨自责苦恼。父母的永不放弃是孩子面对苦恼的精神食粮，一定不能少。三、父母也要有勇气和智慧为孩子创造适合自己孩子的教育环境，孟母三迁，是对孩子真正的爱。

10
诺诺的焦虑

在深圳朋友家里，朋友说，你难得来一趟，你跟我女儿和我老婆聊聊。

朋友的女儿诺诺已经上高一，我就当着大伙的面问她："你对妈妈有什么意见？"

诺诺一开始有点顾忌，在我的不断激励下，当着爸爸妈妈的面说出了堵在心头很久的话：

1. 不管你是对还是错，你都得听她的。她经常以老压我。

2. 她总是急于求成，一下子就想让我立竿见影。

3. 她的价值判断总是跟我的价值判断唱反调。有时候该批评的时候，她却没说，有时候说两句就可以的事，却放大扩大不断数落我。

4. 她还喜欢动武力。

5. 她对我是一套要求，对她自己是一套要求。叫我要勇于面对错误，不辩解，她自己有错误的时候，总是不承认，总为自己辩解。

6. 她还喜欢翻旧账。

听着诺诺的回答，诺诺妈妈一脸窘相。

我继续问："那你希望妈妈成为一个怎样的人？"

诺诺："头脑冷静。"

我继续问："那你会怎么做？"

诺诺："我忍。"

我继续问："还会怎么做？"

诺诺一脸迷茫。

我说："比如，你如何开始关心妈妈？"

诺诺眼里突然亮了起来。

洞见：母女冲突的背后隐藏着怎样的伤害性？冲突来自双方自身的焦虑，冲突也能暂时缓解彼此的焦虑，可事实冲突不仅没有缓解彼此的焦虑，而且还会进一步加剧焦虑。消除冲突是治标，消除焦虑是治本，标本兼治才是正道。

11
为什么说谎

小A妈妈咨询我：小A在读六年级。小A常常说谎。我明明没同意她，她却跟她爸说，妈妈同意了。她爸明明没同意她，她却跟我说，爸爸同意了。她明明是跟班上比较野的几个同学去玩，却向我们汇报说是跟几个学习成绩好的同学去玩。有时候，我们指出她的谎言，她都说我们冤枉她。昨天，我忍不住发火骂了她，她说，妈妈，你有一天不挑我毛病吗？你为什么天天对我发脾气呀！我现在对她越来越容易生气，也没有信任，有时都分不清，她哪些是真话，哪些是假话？

我问：小A为什么要说谎？

小A妈妈：怕我们拒绝。

我问：她为什么怕你们拒绝？

小A妈妈：因为我们总是不同意她的意愿，可她很想实现自己的意愿。

我问：如果，她心里想干什么，你们都会满足，她还会偷偷摸摸去做吗？

小A妈妈：不会。

我问：小A说谎除了怕你们拒绝而不能实现自己想要的之外，你想想还有什么原因？

小A妈妈：不想与我们冲突，害怕我们骂她。

我问：看来，小A撒谎是被迫的还是自愿的？

小A妈妈：你是说她是被我们逼的？

我问：小A撒谎时，她心情如何？

小A妈妈：其实，她也是很忐忑的，害怕的。

我说：为了实现自己的意愿，绕过你们的拒绝，她只能找借口或装模作样。为了避免与你们冲突，她只能能圆过去就圆过去。她运用的手段是不对，可她的目的有错吗？

小A妈妈：我们该怎么做？

我说：你们要理一理管理小A的界限，哪些要管，哪些不要管，哪些需求得主动满足，哪些事完全让她自己作主，给小A足够的空间与时间做自己想做的事情。随着小A年龄不断增长，小A更加希望不被大人干涉。

小A妈妈：我明白一些了。谢谢。

洞见：面对小孩子的说谎，要看他的目的是什么？不要一棍子打死。

12
矛盾是改善关系的良机

小 A 的妈妈发来微信咨询：

"林校长你好，我是小 A 的妈妈，小 A 有一次很沮丧地对我说被老师批评了，说是老师冤枉他，都要哭了。因为我们家小 A 皮，也没放心上。然而这次小 A 不开心了好几天。我问他，他说反正做没做老师都不相信他。我担心我们家小 A 变成'破罐子'破摔，从此不相信老师。你说，我该怎么办？"

洞见一：比之于同情，孩子更期望老师的公正。因为"冤枉"造成的委屈不仅源于孩子自尊心受到伤害，更重要的是源于"心中老师美好形象突然遭到破坏"给孩子造成心理的困扰，就像厄运缠身，接下去选择相信老师还是不相信老师让孩子无所适从。因此小 A 会闷闷不乐好几天。

洞见二：小A为什么不主动地向老师争辩或解释，是源于小A还不具备主动化解矛盾的人际沟通能力，是源于小A对老师的害怕，这就是导致小A有可能"破罐子"破摔的负面力量。

洞见三：与老师发生矛盾，是小A在成长过程中必然会碰到的，是师生关系发展的常态。小A今后会碰上各种各样的人际交往的矛盾。家长面对这样的师生矛盾首先要冷静，不强化矛盾是冷静的意义。不指责、不慌张、不同情、不担心、不包办，相信小A和老师之间的矛盾会遇上好的转机，相信矛盾或误会一定会迎刃而解，这是对小A的支持也是对小A老师的支持。如果心切，可以直接与小A老师真诚沟通，也可以寻求小A校长的帮助。

洞见四：解铃还须系铃人，小A老师是消除误会的最好的人选。如果老师批评错了，也要主动承认自己的粗心，给孩子道个歉，做好知错就改的示范。道歉除了说声对不起这种方式外，小A老师还可以主动要求小A批评老师或给予老师相应的惩罚，比如罚老师扫地或背小A跑操场一圈。如果小A老师真的这样做，他和小A之间的矛盾就变成了关系改善的良机。这样的老师不仅能赢得小A谅解，而且能赢得小A的感动和尊敬，这是对老师是否具足平等心、勇气和爱的考验。

13
阶段性持续也是持续

微友A咨询：林校长，我的孩子十岁，在读三年级，向您讨教孩子的持续力不够怎么办啊？比如写"日精进"，现在是在家会写，在学校没有人督促就不写了。曾经还提出跟群主商量能不能在学校不写只在家写。而我的回答是当初参与的时候就已经说明"日精进"就是要每天都写，当初加入的时候也一再说明要每天写的。现在是连续两周在学校没有写"日精进"了。还有在学校的数学作业特别不积极，特别拖拉。

我回复：大人都很难坚持每天写"日精进"，何况小孩？

微友A：是不是现在不是他想要，所以就没有持续性？

我回复：每天坚持写"日精进"，对你孩子来说负担太重，弊多利少。

微友A：我可以建议他这样做吗？让他先退出群，但是在家的时间还是继续写。

我回复：阶段性持续也是持续。

微友：是的，是的。

洞见：孩子不能持续地学习某个项目，常常被大人说成没有毅力或三心二意。暂且不去分析造成孩子不能持续地学习某个项目的客观原因与主观原因，暂且不去分析孩子自己选择放弃重新投入新项目的背后的合理性道理或是心理需求，我们有理由相信，孩子今天放弃不等于过段时间之后孩子不会重操旧业；孩子今天放弃这个项目不等于以后会同样中途放弃另外一个项目。也就是说阶段性持续也是持续，停停做做，做做停停不一定比持续做效果差；放弃旧的做新的一个项目也是持续，只要持续地在学在做，学什么做什么都是持续，不必太在乎结果。

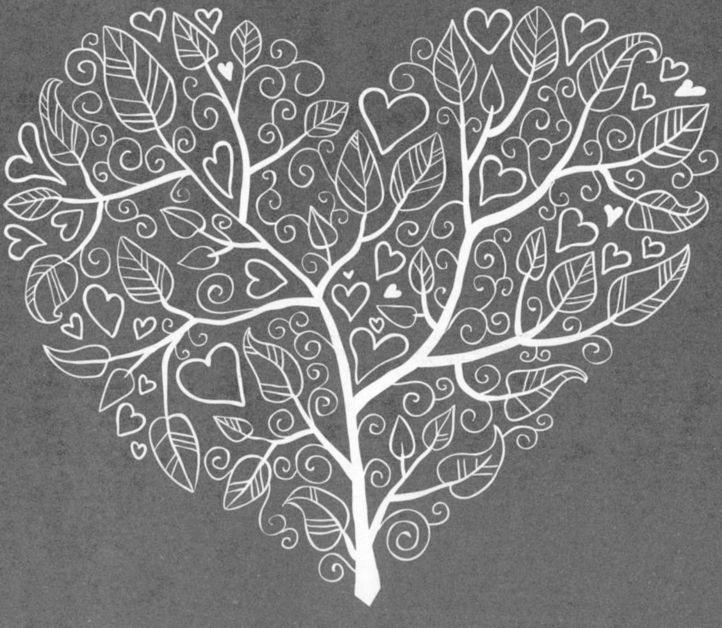

孩子霸凌孩子，不是孤立事件。处在非理性期的孩子在霸凌他人中赤裸裸地表现出了兽行与恶行，孩子霸凌孩子的兽行是未经教化的人的动物性，孩子霸凌孩子的恶行是由恶的环境传导或来自恶的模仿。如何避免发生这样的悲剧？一下子把孩子从非理性成长为理性，实为不现实，因而让孩子在爱的环境中生活与成长，是唯一的出路。让爱不留死角，孩子一定具足爱的本能与直觉，向着阳光奔跑。

第八章

01. 十六岁的痛苦
02. 日日改错
03. 家长 A 的挫败感
04. 关于学校霸凌的讨论
05. 站在孩子的将来看书面考试成绩
06. 青春期是美好的
07. 向小 A 的新班主任学习
08. 远水解不了近渴
09. 亲子关系的边界
10. 小 A 妈妈与小 A 的冲突
11. 大男孩的痛苦
12. 不能用负能量制止

01
十六岁的痛苦

小Ａ正上高一，晚自习结束后，在她妈妈的陪同下来咨询我。

一见面，小Ａ就主动地告诉我她的一些情况："小时候，同学们看童话书，我在看《上下五千年》。现在，我的同学在看《三生三世十里桃花》《我不喜欢这个世界，我只喜欢你》，而我却在看《环球人物》，以及努力收集关于金正男事件的消息。同学们追周星驰，我却喜欢高冷的人物。同学们崇尚潮流，喜欢疯狂地尖叫，我却坐海盗船也叫不起来。"

小Ａ很能说，我安静地听。

我听出了大概，于是发问："你是不是对自己与同龄人的格格不入而害怕？"

小Ａ："跟同学相处总是不合拍，越来越没信心，同学在一起拍照的时候，我都躲在角落里。"

我问："你躲在角落里，会不会觉得安全一些自在一些？"

小A："也许吧。我开始孤立自己，同学们都喜欢有甜美结局的故事，我却觉得故事中男女主角不死一个不叫结局。"

我问："你怎么评价你自己这份心态？"

小A脱口而出："变态。"

我问："同学们也是不是会这样说你。"

小A说："他们说我是神经病。有同学说我是全班最虚伪的。"

我问："你承认吗？"

小A说："我在同学面前承认过好多次，其实我很焦虑，我不想这样，现在影响了我的睡眠，常半夜醒来。"

我问："你还被什么困扰？"

小A说："被父亲所谓的正确的大道理。父亲常常在我耳边念叨的一些佛理，我有时觉得是对的，有时却又十分怀疑。可我又不想失去心中父亲的形象。"

看来，小A是有备而来，她事先想过向我透露些什么。小A其实非常清楚她与父亲的冲突和与同学的冲突，以及这份冲突给她带来的痛苦。

我想了想，问："你从小从父亲那里获得了高标准的道德意识，可这份标准随着你的长大却在你心底里被抵触与不屑，这不仅带给你惶恐，害怕自己陷入道德危机，而且害怕失去心中高大的父亲形象甚至害怕成为父亲的敌人。是不是这样？"

小 A 说："是的。"

我继续问："你与同学的冲突是因为同学们的快乐表现和价值取向与你的快乐表现的价值取向的不同，长期的冲突，你不知道该坚持自己还是该随大流，坚持自己害怕失去同学，害怕自己真的成为怪人，如果随大流，你又觉得自己不是自己，是不是这样？"

小 A 说："对的。"

我说："时间久了，不断的害怕叠加，你开始委屈、自责，你无力反抗来自父亲及同学的质疑，你一边不得不承认这个事实，开始放弃自己，一边又不愿承认这个事实，不愿放弃自己。我理解你。但这不怪你，也不怪你的父亲与同学。没有冲突就没有进步，你要勇敢地面对冲突，面对父亲你要勇敢地说不。面对同学你要承认你的青春思想中还是有很多幼稚的想法，虚心接受同学的质疑，要欣赏同学他们青春的热情与疯狂的快乐方式，即使他们很多想法是幼稚的也要尝试接受他们融入他们。可以吗？"

小 A 点了点头。

洞见：在青春期不约而至的时候，渴望认同被不断放大，可是青春期裹挟着儿童的幼稚，给予十五六岁的孩子更多表达幼稚的机会，并认同他们从幼稚走向成熟的独特的表现，以及鼓励他们勇敢地成为最好的自己，以及鼓励他们向外建立良好的人际关系，才能让他们安全地度过这份危险的混乱的过渡期。

02
日日改错

问：我们家庭要给孩子创造怎样的"心"生活？

我：我们可以给孩子创造来自家庭成员的爱，给孩子创造家的安全感，给孩子创造健康的体魄，给孩子创造最好的家庭榜样，给孩子足够的时间与空间做自己想做的事情，给孩子创造最好的学校教育，给孩子创造学习性的娱乐活动与人际交往活动。

问：我们家庭不要带给孩子怎样的"心"生活？

我：家庭暴力、家庭冷漠、家庭吵架、家庭控制、家庭否定、家庭埋怨、家庭放纵、家庭溺爱、家庭恶习等都直接引发孩子恐惧、无助、匮乏、失望甚至堕落。

洞见：家庭大计，教育之计最好。家庭教育对孩子的影响是渗透性的、是成长性的、是根本性的，因此没有家庭教育的不断改良就没有持续的家庭幸福与充满希望的家庭未来。没有家长的自我改错与自我教育，就没有孩子的自我改错和自我教育，这是家庭教育成功的前提。

03
家长 A 的挫败感

家长 A 咨询我：校长，我要申请参加崇德教育智慧讲师团。我现在身处迷雾森林。我出不来了。我想多听听您的教育理念，多听听教育实案，我需要教育鸡汤。我现在对孩子是以暴制暴，然后我又后悔。软声细语没作用，提高分贝他就哭，我觉得问题出在我身上。我是个没主见的人，容易左右摇摆。

我关心地问：你在孩子教育方面出了什么问题？

家长 A 说：我觉得孩子让我带差了。我妈、老公、闺蜜都说孩子被我带糟了。

我问：孩子出现了什么问题？

家长 A：瘦了。羊癫。作业不做。就是不听我的。我没回国照顾他前，由他爸爸管，不是这样的。

我问：你回国这一年来，是不是一心扑在孩子的身上。

家长 A：80%的心血都放在孩上身上。

我问：你是不是觉得一年的努力没有见到孩子的很好的成长，然后家人又责怪，而你自责、焦虑、不安、自我否定，又不知接下去怎么办？

家长A：是的。

我说：你正陷在典型的挫败感、匮乏感之中。

家长A：我该怎么办？

我说：造成挫败感与匮乏感是由于你内在想成为一个伟大的妈妈和教育孩子却屡屡受挫的事实之间的冲突造成的。这种付出极大努力却事与愿违是很痛苦的，这份痛苦进一步吞没你爱孩子的情感与智慧，长期不能自拔而导致自我意识的混乱，最终你陷入匮乏之中恶性循环。与你朝夕相处的孩子也就陷入同样的不知所措与混乱，如不知朝哪个方向发展才让你认同；通过不服从你来表达对你负面情绪的抗拒来自我保护，如你叫我做作业我就不做；通过羊癫的表现企图对你进行关心与拯救，如黏着你请求你给他一些帮助。

家长A：我该怎么办？

我说：先调整自己的情绪，从挫败感与匮乏感中走出来。可以静一静，先把孩子交给老公。

家长A：好的。

我说：把我说的，回去消化一下。一旦你承认自己有挫败感与匮乏感，你就安然地处在情绪低谷，接纳这个事实，不挣扎，不抗拒身处低谷的状态，恶性循环就自然停止，这是第一步。完成这一步，你再努力思考什么是真正的爱，什么是真正的教育。这是第二步。完成这两步，你就能找到走出低谷的方向，一切就会好起来。如果有什么迷惑，你再咨询我。

家长A：好的。

洞见：为什么有时候家长对孩子期望越大、投入孩子身上的精力越大，孩子反而不如家长所愿？原因有以下几个可能：

1. 家长的期望与投入是一厢情愿，并不与孩子的学习成长需求同步。

2. 家长的期望往往是盯住孩子的不足，如想通过严格的规矩矫正孩子作业拖拉的坏毛病。结果反而造成孩子越来越紧张与害怕以及对自己失去信心。

3. 家长的期望太高或太理想化，或逼得太紧，导致孩子处在挫败与落后的无奈中。

4. 家长投入孩子身上精力太多反而变成控制、限制或替代，孩子被捆缚而失去应有的自由发展与主动发展。

5. 家长在期望与投入精力时，伴随着对孩子不满的情绪或自身的焦虑。

# 04
关于学校霸凌的讨论

在北京的朋友A发来微信：林校长，关于最近火爆朋友圈的学校霸凌事件你作何感想？能不能站在教育者的角度解剖一下这次事件？发表下您的观点？

我回复：没有采访，对事件评论是不负责任的。看了你转发给我的事件的材料，我认为事件中的孩子都是受害者。

朋友A：怎么讲？欺负人的小孩受到的伤害是什么？

我回复：受到成年人的舆论与事件公开后公众舆论的谴责。儿童世界里的恶与成年人世界里的恶是有区别的，用成年人的恶的标准来评判儿童的恶，本身就是恶。

朋友A：嗯，孩子的世界是不一样的。发生这样的事件，你有什么好的处理建议？

我回复：就这件事要引导孩子们自己处理，特别要引导同学去关心受害者，而欺负人的小孩发出诚挚的道歉与反省是必须的，要让受伤的孩子走出阴影，并接受伤害他的孩子的道歉，以及原谅欺侮他的孩子。同时，学校与欺负人的小孩的家长也要行动起来，主动承担在这个事件上的相关责任。并引导所有的人从中吸取教训，通过不断开展爱的教育从源头上塑造孩子善良的心性。

朋友A：对啊，从这个角度可以看到倡导爱的教育的重要性。

我回复：精神性伤害必须由精神的爱来抚慰。避免精神性伤害必须通过爱来消除内心的冷漠与可恶。

朋友A：所以从另一个侧面也反映出当下家庭与学校的教育中缺爱。

我回复：每一件可悲的教育事件背后都是老师或父母对教育常识的缺失埋下的患。

朋友A：缺什么教育常识?

我回复：没有爱就没有教育。让爱不留死角。

朋友A：今天受教了。

洞见：孩子霸凌孩子，不是孤立事件。处在非理性期的孩子在霸凌他人中赤裸裸地表现出了兽行与恶行，孩子霸凌孩子的兽行是未经教化的人的动物性，孩子霸凌孩子的恶行是由恶的环境传导或来自恶的模仿。如何避免发生这样的悲剧?一下子把孩子从非理性成长为理性，实为不现实，因而让孩子在爱的环境中生活与成长，是唯一的出路。让爱不留死角，孩子一定具足爱的本能与直觉，向着阳光奔跑。

05
站在孩子的将来看书面考试成绩

朋友A说:"我孩子这次模拟考又没考好,真揪心。这样下去,将来怎么行?"

我没有直接安慰他,而是反问:"你平时管企业,会用书面考试来考核你的雇员吗?"

朋友A回答:"从来没用过,我们对雇员的评价一般是根据其在工作中的表现进行的。"

我又问:"给你提出一个你一下子无从下手的问题,你会怎么办?"

朋友A回答:"我会寻求帮助,我会找到解决这个问题所需要的任何的资源,然后解决它。我们企业新产品开发都必须经历这样的过程。"

我又问:"根据你的经验,我们现实生活中遇到的大多数问题,一碰手你我他都不会,是十分普遍的,因此现实生活中不会不要紧,关键看他会不会寻求任何能帮上忙的资源来解决问题。是不是?"

朋友A回答:"是的。"

我又问:"我们很多时候,没有外来的帮助几乎解决不了问题。是不是?"

朋友 A 回答:"是的。"

我又问:"你孩子书面考试没考好是不是不能证明他将来不具备解决现实世界问题的能力?"

朋友 A 回答:"是的。"

我又问:"如果你孩子在考试时能寻找帮助,你觉得他考试能不能考好?"

朋友 A 很兴奋地回答:"这小子朋友多,那一定能考好。"

我笑着问:"你心情好一点了吗?我想告诉你什么,你自己想到了吗?"

朋友笑着说:"我不能用考试成绩评价孩子,孩子考试考不好仅仅是证明他对考试内容掌握不好,不能证明他的将来前途就不好,不能证明他解决现实世界问题的能力就不行。我今后会引导他寻求老师同学的帮助在考试前更好地掌握考试内容,但我会看开他的考试结果,多训练他运用已知资源解决现实问题的能力。其实我一直反对死读书。"

我笑而不语。

洞见:在现实世界的工作中,我们总是从不会到会,这个过程就是运用或寻求解决问题信息与资源的过程,而且任何时刻对一个工作者的评判通常依据这种能力做出的,而不根据一个人一次封闭的书面考试的分数或原有的学历。

06
青春期是美好的

小A在读初二，国庆放假期间，他与一女同学约好一起看电影，并已经买好了两张电影票。你是小A的父母，不经意中知道小A的这些打算，接下去你会怎么做？

选择：

1. 立即找小A谈话，阻止小A与女同学看电影。并说教不能早恋。

2. 立即找小A谈话，告诉小A，父母是怎么知道这件事的，并告诉小A，父母的不支持的态度，但最终还要不要去看电影由小A自己决定。

3. 父母挑明要以支持者的身份进入小A的计划，比如接送小A去电影院，并愿意分享小A约女同学看电影的感受，并适机化解小A在这件事情上的焦虑。

4. 父母假装不知道，但故意在小A请女同学看电影的时间段安排一家人外出游玩，以此阻止小A的约会。

5. 假装不知道，静观小A怎么把约女生看电影这件事圆过去。再思量采取怎样的教育方式。

6. 不过问。

7. 这次随小 A，今后严防死守。

不同家庭会有不同的答案。

洞见：面对小 A 青春期的异性交往，父母应该如何做？如果是堵，那会伤了小 A 的自尊或对立父母与小 A 的关系，并且很有可能越堵小 A 越叛逆，即使小 A 乖乖就范，小 A 又会陷入与异性交往的恐惧与压抑，影响其健康的性心理的发展，把青春期是美好的憧憬变成了青春期是有害的判断。为什么，堵的副作用这么大，因为父母对小 A 不信任，并剥夺小 A 正常的异性交往的机会与心理需要。如果选择信任并鼓励小 A 主动与女同学友好地交往，这就是疏；如果尊重小 A 青春期对异性交往的渴望，并帮助小 A 建立与异性交往中的礼仪教养与责任意识，这就是疏；疏的过程是循循善诱的，是积极的乐见其成的，其有拨开云雾见太阳之功效。

07
向小 A 的新班主任学习

小 A 今年上初二，在金华上学。

小 A 妈妈说，她被小 A 的前班主任搞得抓狂，前班主任总是投诉小 A 这不行那不行，还建议我把小 A 转回永康读算了。小 A 每次周末回家总是不开心，和我们也不交流。我很担心。这个学期，小 A 的班级换了一个新班主任，小 A 就像变了个人似的，阳光很多，开心很多，并且也很主动和我们交流，这个学期我从没接到新班主任的投诉，我给新班主任打电话，新班主任就一直夸奖小 A，说小 A 很会替人着想，乐于帮助别人，学习也越来越用功，新班主任还说小 A 是她非常喜欢的一个孩子。

讲完故事，小 A 妈妈很认真地问我："林校长，你看，老师是非常关键的，是吗？"

"是呀，名师才能出高徒呀！"我兴奋地应答，"一个好老师会给学生带来希望、信任与勇气，这事关学生一辈子的大事。小 A 的新班主任令人敬重。"

洞见：师生之爱是怎么样的？直白一点讲就是师生之间彼此的重视与肯定。如何实现教师对学生的重视与肯定？如何实现学生对教师的重视与肯定？这是辩证统一的关系。教师是实现的关键。教师对一个学生的重视与肯定首先是来自由教师主动创造的师生身份的平等，平等产生平视，一平视就亲切与友好，老师不居高临下，学生不唯唯诺诺，师生才能彼此尊重。其次是换位，在彼此尊重的基础上，教师主动一换位，师生就能感同身受，同理共情，师生一共情，生命就能彼此呼应与互助。再次是欣赏，在师生生命的互动中教师要始终保持看到一个学生的差异而看到一个学生独一无二的生命天赋，以及接纳一个学生与生俱来的缺陷与不足，这种不由自主的欣赏与包容就是激励学生奋发向前的教师扶持力，而教师欣赏与包容的扶持力正是孕育学生欣赏与包容老师的源泉。最后是感恩学生成全一个老师的教诲，感恩学生成就一个老师工作的意义，这是师生之爱的最后一公里，教师这份对学生的感恩必定实现学生对老师源源不尽的感恩的回路，此时此刻师生进入亲密无间之爱。

08
远水解不了近渴

有妈妈A咨询：我儿子上初三，成绩老是上不去。是不是方法有问题？他自己也很困惑，感觉无计可施。我的建议也听不进去，我说什么，他就否定什么，即使用钻牛角尖的方法也要否定我。我问他，是不是否定老妈很开心？他说，是的。我也无计可施。

吾：他学业有困难，他心中有困难；你引导帮助儿子有困难，你心里也有困难。

妈妈A：是的，是的，肯定是的。我感觉他想太多，心里也很急。他把目标定在考金二中，以他目前的成绩困难很大。他还把考大学定在考"北航"，为的是学机械和修双学位。我总感觉他不切实际。我呢，心里也很急，可又帮不上忙，点拨也点不到位，有时很心痛。

吾：他两个困难相加，就拿你出气。你受气了，他反证自己还有点价值，以平衡内在的由长久的学习无力感产生的焦虑。

妈妈A：是的是的。看到我被否定，他有时还真有满足感。

吾：他心里焦虑的时候，常常会以你的焦虑为食。吃了别人的焦虑会促使他对自身焦虑的不抵触，暂时缓解焦虑的冲撞。但这根本解决不了他的焦虑。

妈妈A：是的，有时我不理他，或对他的心绪不闻不问，他会更急躁，会主动朝我生气。

吾：可是，你要引起高度重视，一旦你的焦虑你自己也无法承受，你会反噬他，伤害他。

妈妈A：那我该怎么办？

吾：你一边要调整自己的焦虑，一边要承受来自儿子的焦虑，一边要努力转换儿子的焦虑。

妈妈A：三方面焦虑，我知道了。我可以一个一个来，至少不让它们糊在一起。

吾：解决儿子的焦虑是关键所在。他如果把快乐永远压在未知的明天，那么他今天永不快乐。今天不快乐，明天会有快乐吗？高中三年苦不堪言，考上理想大学又不能改变这逝去三年的苦闷，并且谁也无法保证在理想大学学习就是快乐无限。定的目标只是假设，目标应适时调整，享受并创造当下学习的快乐才是学习与努力的真正意义，你要引导他不要用今天的焦虑赌未知的明天，要用今天做今天的事创造今天的快乐，创造今天学习的快乐，这不也是理想大学要培养的高才生的核心素养吗？所以，你完全可以帮他把目标定低一点，定得切合实际一点，比如你可以和他一起梳理出初三必须要完成的几件重要的事,做好一件就是成功,就是快乐,一件一件来,成功就在眼前快乐就在眼前,焦虑随之消散。

妈妈A:是呀!我似乎有了方向。没有那么焦虑了。我会把你跟我聊的,给儿子看一下。

洞见:医治焦虑的良方就是获得好心情,而在远处的好心情是远水解不了近渴,眼前的焦虑唯有眼前的好心情可解。

9
亲子关系的边界

今天听了家长朋友苏增芸女士"我的美国梦"和方锐快女士"爱你如是,非我所愿"的讲座,深受启发,设计了一道选择题,自问自答,如下:

问:亲子关系的边界在哪?

A 答:是父母定的法则。

B 答:视父母的情绪而定。

C 答:根据设定的目标的完成度。

D 答:根据孩子的需要。

E 答:没有边界。

F 答:根据契约。

正确答案:亲子关系的边界在于爱与不爱之间,爱是亲密关系的动力系统也是亲密关系的果实,不爱是关系破裂的武器也是关系扭曲的反映。

洞见:在亲子关系上,哪些是不爱?举例说明:父母打骂,家暴,无视儿童的尊严,为了匡正某种行为的道德性为目的，完全忘了，牺牲孩子的尊严与快乐取得的"正确"的事件又哪来的孩子道德的成长？所以打骂不是爱。有的会宠爱，总是剥夺孩子自由独立地迎接莽野长风洗礼的机会，这种剥夺也剥夺了孩子体验与适应真实世界的机会，最终造成人格的缺陷，所以宠爱不是爱。有的父母以牺牲自己的幸福来构建孩子的幸福，这种以完全满足于孩子需要也不惜一切的关系构建，造成了孩子的罪恶感，应了那句俗话：父母不幸福，孩子不敢幸福。所以不惜一切代价的爱不是爱。亲子关系是成年人与儿童之间的关系，如果用成年人与成年人之间的关系套用亲子关系，用成年人社会约定的道德要求和成年人的权利与义务来约束与控制孩子，用成年人的理性来要求孩子成为一个理性的人，亲子关系都会掉进不爱的陷阱，而造成彼此伤害。

10
小 A 妈妈与小 A 的冲突

小 A 妈妈咨询我:"她开始学弹钢琴学跳舞的时候,是她自己愿意而且想要学的。后来她觉得累或者有情绪的时候,她就会问我:我到底什么时候可以不学钢琴?我今天可不可以不去跳舞,下次再去?我一直做她的思想工作,并且要求她继续参加培训。我担心如果回答:你不想学钢琴了不想学跳舞就不用去了。她就真的放弃了。可我又感觉到她学弹钢琴时的不开心。我很矛盾。"

我说:"可以听孩子意见,并尊重她的选择。"

小 A 妈妈说:"但学习一样东西,肯定是有枯燥乏味辛苦的过程的,学习需要持续付出和毅力才能修成正果。我难道不要培养她的持续性和毅力吗?"

我说:"学习即生活。学钢琴也是一种生活。如果是快乐的,孩子一定会选择学下去并乐此不疲。如果是苦恼的,她肯定会选择放弃。"

小A妈妈说:"尊重她的选择?她一苦恼就放弃,可那之前一切的付出辛苦不都白费了吗?而且她的选择足够理智正确吗?"

我说:"学过了,就学过了,学过一次钢琴也有一次的体验,怎么会白费?难道只有学到钢琴八级,前面的努力才不白费吗?"

小A妈妈说:"我总是忽视她的学习兴趣与快乐,而一味追求她的学习结果与学习持续性。"

我说:"培育一个七八岁的孩子,不管她学什么,培养兴趣是第一位的。而兴趣的培养在于如何满足于她的学习动机,即如何满足她的自我意识发展的需求,新鲜好奇的期待以及快乐的学习弹钢琴的体验。如果能够在她的意识里种下学习弹钢琴是一种有趣味的生活,那么她一定能持续地保有学习的良好状态,从而获得心性与成绩的双丰收。如果一味要求她只追求成绩忽视她的学习乐趣就会损害她的学习积极性,结果往往得不偿失:她会一次次想放弃,即使被迫坚持下去,一次次通过钢琴的等级考试,她也没能通过学习弹钢琴而获得十分有意义的快乐的学习生活,这与学习本质背道而驰。"

洞见:大人总是不允许小孩子学习中途放弃,并认为半途而废是不好的学习品质,并常常以学习结果论英雄,这些都是大人的立场,也是大人的需求。

而小孩子的立场与需求是好玩，是美好体验，是过程，是自由选择，无所谓结果。这两者的立场与需求是天然的冲突，冲突给大人与小孩都带来痛苦，这样由大人主导下发生的冲突不是教育。

11
大男孩的痛苦

大男孩很不想回家住，一回家，就感到爸爸妈妈的焦虑。大男孩知道爸爸妈妈的焦虑完全由他而起，十多年了，大男孩的爸爸妈妈一直担心着大男孩的身心状态。大男孩也知道自己长期的无力感、长期的自我不正常感是一种似病非病的情绪，也许是神经衰弱，也许是心憔力悴。大男孩说，他很想改变自己的身心状态，可是心有余而力不足，每一次努力会稍微好一点，过不了多久，就会又跌入情绪的谷底，半死不活地煎熬着。大男孩说，他很想搬出去一个人住，可一想到爸爸妈妈会更替他担忧，他就没有行动的勇气。大男孩说，他谈过恋爱，最终他选择分手，他觉得自己都照顾不好自己，不可能照顾好她。

我静静地听着大男孩的讲述，我试着发问，大男孩每一次都很认真地回答。但是一旦我想引导他看到自己具有与负面情绪顽强相生相依的勇敢与坚韧的智慧时，他就会继续向我讲述另一个对抗负面情绪失败的经历。

他一直在说，他每一次都无法控制自己的情绪，他的身心常常是不正常的。

洞见：造成大男孩长期处于无力感和不正常感的力量来自哪？是一种怎样的蒙蔽，让大男孩感受不到"长期造成自己无力感与不正常感的力量"是一个多么强大的力量？又是一种怎样蒙蔽，让大男孩忽略了"总是习惯证明自己每一次的努力都是失败的力量"是多么顽固的力量？是一种怎样的蒙蔽，让大男孩看不到自己身上正在不断成长着"每一次负面情绪折磨必定滋长自己对负面情绪的承受力"这一灵性的力量？也许大男孩总是从不正常人的视角看自己遭遇的一切，所以结论永远是不正常。如果大男孩从正常人的视角看自己遭遇的一切，那么结论就是一切正常。

12
不能用负能量制止

有家长咨询：儿子晚上玩游戏玩到十一点，我拿走他的 iPad。他就哭闹，我就很恼火，把他责骂了一顿，还忍不住打了他。我也不知道自己这样做对不对？

吾：你可以制止他继续玩游戏。但没必要又骂又打。

家长：我一开始也没想骂他打他，可他不停地哭。好像还是我做得不对。

吾：制止他玩游戏是一件事，你骂他打他是另一件事。你制止他玩游戏本身是正确的教导，有利于孩子养成良好的玩游戏的习惯与态度。可你接下去又骂又打的方式却是粗暴的、负能量的，其产生的原因是你自己在生气在愤怒，骂他打他是你发泄情绪而已，这已完全不是教导，是威胁，是以大欺小。他只是多玩了一会儿游戏，罪不致于又骂又打。

家长：你这一说，我也真觉得我做得过分了。我记得我当时还威胁他，要不把你的事告诉你的老师与校长，让老师校长来理论理论。你这一说，我还真是在威胁他。

记得当时他真的是求饶了，叫我不要去说。

吾：他如果玩游戏玩过头了，你完全可以制止。但不能用负能量制止。这得不偿失。你可以用约法三章或奖罚分明或转移他的娱乐方式等等一些正面管教的方式来教导。

家长：好的。我会和他好好沟通沟通的。

洞见：大人明明知道打骂小孩不是好的教育，那么大人为什么总是明知故犯？1.大人被负面情绪控制，身不由己。2.由于打骂的方式会让小孩由于害怕而屈服，从而见效快，这个事实造成大人潜意识里认为打骂孩子不是一种错误。3.大人即使知道打骂不好，然打骂之后几乎不用承担惩罚，因此大人容易放肆。

谈恋爱、迷恋游戏、迷恋打扮、发脾气、自责、自怜、自我压抑、抽烟喝酒暴力等都可能是暂时安顿她疲乏身心的通道，果真这样，后果不堪设想。那面对孩子由压力造成的困境，父母怎么办？一句话：家是孩子的避风港。唯有在安全温暖舒适的家的港湾的佑护下，孩子才会躲过一劫；唯有有机会在安全温暖舒适的家的港湾里休整，孩子才有可能疗养伤口恢复元气，鼓起勇气迎难而上。

第九章

01. 闹情绪
02. 打开情绪之锁
03. 解除紧张的游戏
04. 与润楷的对话
05. 一束"大爱"
06. 妈妈的焦虑
07. 陌生人的信任
08. 迁怒
09. 准确回应
10. 为了公平
11. 不要再骂我
12. 我为什么要抱你
13. 迁就不是爱
14. 家是孩子的避风港

01
闹情绪

走廊上偶遇二年级学生小 C，小 C 拉着一张生气的脸，眼角还挂着泪花。我拉住他的手，关切地问："怎么啦，谁惹你不高兴了？"小 C 没有理我，扭着头，不看我。我顺势坐到走廊的长条矮凳上，把小 C 拢到我跟前，仰起头，对着他说："是不是跟同学闹别扭了。"小 C 瞄了我一眼，还是把头扭到了左侧，说："就是小 F，谁愿意和他玩呀！""哦，小 F 不是你的好朋友吗？""我才不愿和他是朋友呢。""真的吗？那是不是我记错了？""我没有朋友。""那，校长我是不是你朋友？""不知道。"小 C 说完把头扭到了右侧。看来，对话无效。我就把小 C 搂到怀里，轻轻地抚触着他的肩膀，轻声引导着他："放松，放松，不生气了……"小 C 渐渐柔软地靠在我怀里。

洞见：1. 儿童闹情绪时为什么六亲不认？为什么儿童闹情绪时，你说东他会说西，对关心他的人也会抗拒？情绪触发发展演变像泼出去的水，在情绪警报没有解除之前，情绪会对一切干扰它发展的力量进行渗透与排除。

2. 为什么大人发现儿童闹情绪时习惯询问？对儿童负面情绪的干预中，为什么语言的干预会是苍白无力的？大人习惯性地运用理性的力量，或企图用语言转移孩子的注意力，这往往徒劳无功。当一个儿童负面情绪来的时候，应该运用感性的力量，给他一个安全岛着陆，负面情绪是纸老虎，遇到安全与温暖就会服帖，就像水遇到畜水池它就会安顿。

02
打开情绪之锁

看到小A在发情绪，我走向前靠近他并关切询问他。他情绪激动地说："刚才，小C，把我弄疼了！"我用爱的眼神示意站在小A身旁一脸无辜的小C，小C立马明白，凑到小A耳根说："对不起。"小A还是一脸怒气，口中念叨着什么，我没听清楚，但感受小A还被坏情绪锁住。

"你情绪冷静了，就会和小C和好的，是不是？"我努力调和。

"我永远不和他和好。"小A的回答并没有让我泄气或发火，反而让我看到了小A正在努力尝试着走出自己的情绪，刚才小C的主动道歉还是起到了作用。

"来，小C，我们一起做个游戏。我说什么，你也说什么。"我故意提高音量。

"小A，小A，你永远是我的好朋友！""小A，小A，我多么希望你回到我身边！""小A，小A，不管发生什么，我永远不离开你。"小C跟着我的引导，我说一句，他重复说一句。没等我们说第四句，小A挤出围观的同学，扔下一句话："我才不理你们呢！"但我和小C会意地一笑，我们明白，小A此时是正话反说，因为小A跑开的背影是那么轻松。"好吧，我原谅你了。"小A其实心里是这样说的。

"谢谢你对我和小C的信任，我欣赏你刚才主动调整坏情绪的能力，恭喜你，你已经长大了。我为你高兴。"我再次碰到小A时，我主动地拉起他的小手，说出我内心的喜悦与欣赏。

小A站在我面前，一脸幸福。

洞见：打开孩子情绪之锁的关键是什么？

  1. 敏感地觉察到孩子闹情绪或发生攻击倾向是孩子被坏情绪锁住了，与他人的链接已自动断开。

  2. 把孩子亢奋的拒绝链接的情绪，翻译成为建立链接的内心需求。

  3. 用游戏或动情的话语，尝试真切的表达我们主动示好示爱的真诚与决心，反复坚持链接，不放弃。

  4. 一旦链接成功，要将链接成功的功劳归功于孩子自己本人，促成孩子建立自己打开情绪之锁的信心，培养孩子做情绪主人的自我意识。

03
解除紧张的游戏

我在走廊上看到小A正在生闷气，眼睛里还含着泪水，胡老师正在亲切地询问小A，可小A一语不发。我走上前去，轻轻地拉过小A的手，把他带到安静的区域。我坐在凳子上，让小A与我面对面，我略抬起头来关切地注视着他，并用眼神引导他看着我，同时我轻轻地揉捏了他的小手掌，我从他的眼里看到他放轻松了许多。我开口说："我教你一种吸气的方法，你好比闻到了香喷喷的烤鸡翅，你使劲地闻，边闻边慢慢地把香气吸进来。看我，跟我做。"小A在我的示范下开始眯起眼睛吸气。"接下去，我教你吐气，你前面是一碗热腾腾的馄饨，你慢慢地吐气把汤吹凉，来，试一次。"小A在我的示范下很认真地吹出气来。"来，我们边闻边吸进烤鸡翅的香味，好香呀。来，我们慢慢地小心地把馄饨的热汤吹凉一点。吸，吹，吸，吹。"在我的引导下，小A一吸气一吹气，一吸气一吹气，突然他开口笑出声来。看他完全放松下来，我开口询问他刚才为什么生闷气，他回答说，要上信息技术课，忘带 iPad。我就帮他借了一个，他高兴地上课去了。

洞见：小 A 生气的时候处于紧张的状态，这时候老师或家长怎样才能真正帮上忙？

一、看到小 A 生气，我们不能紧张，更不能发火。如果我们紧张会促使小 A 更紧张。

二、找一个安静的地方，与小 A 有一些眼神的交谈和手与手的交谈，消除他的戒备。

三、与小 A 玩一个关于美食的吸气吐气的游戏，调动他对美食的美好回忆，一直到他自动解除紧张的警报为止。

四、询问并帮助小 A 解决遭遇的实际困难，并感谢他刚才陪我们玩了一个很好玩的呼吸游戏。

04
与润楷的对话

吾：你前天参加朗读比赛，结束后为什么哭？

楷：因为分数低。

吾：那为什么大哭？

楷：因为一年级的选手分数都比我高。

吾：那为什么哭个不停？

楷：很多人都来安慰我，我还是很难过。

吾：那你觉得哭好还是停止哭好？

楷：心里哭哭就可以了。

吾：为什么？

楷：心里难过一下，表情就不要难过了。因为一哭，别人会笑话你，看你哭。

吾：心里难过，表情怎么控制得住？

楷：可以的，后来我不哭了，脸上笑了，但心里其实还是很难过的。

吾：这次哭的经历，给你什么启示？

楷：要勇敢，不应该哭。不在于得不得奖，在于勇敢。

吾：下次还要去吗？

楷：争取。

吾：下次输了还哭吗？

楷：不会了。

吾：为什么？

楷：后面还有很多比赛等着你，人生有一段很长的路。

洞见：一次比赛，让小孩子觉得自己不够勇敢，让小孩子觉得自己不应该哭，让小孩子觉得人生是一段很长的路，这对他来说是福吗？"不够勇敢"是对自己不满，但同时又一次清楚了对自己能力的认知；"不应该哭"是对自己情绪表达方式的否定，但同时让他学会了如何在大多数人面前表达情绪；"人生是一段很长的路"是对未来不确定性的迷茫，但同时让他打开了将事件放在人生长路中审视的视野。（感受润楷回答我问题时的轻松自在，我相信润楷正在享受这次朗读比赛，特别听到他最后一句那么有分量的人生感悟，我惊讶于他的智慧。）一次比赛一次体验，两次比赛两次体验，如何穿越无数次的碎片化的体验洞见自己身上的光明的心性，一切皆有意义。后面还有很多比赛等着你和我，人生有一段很长的路，小孩子如此，大人如此，因为小孩子和大人都在路上。

05
一束"大爱"

阳光爱心社的微友：林校长，您好！遇到件棘手的事，希望得到校长的指点。我们帮扶的小女孩，今年16岁，在读职校，上学期是三好学生。昨天晚上与妈妈打架了，原因是妈妈认为她早恋了，不让她继续上学，想给她转学或直接去社会实践。遇到这种情况我们该怎么做？

吾：母与子的冲突。母亲行为走极端了。

友：是的，妈妈赶到学校，孩子认为妈妈伤到了她的自尊。如果早恋确实存在，该怎样去做呢？

吾：如果真有早恋，关心她，引导她的爱情观，别让她害怕女生爱慕男生的性取向，以及让她有分寸地处理内在的情感，别让青春冲动伤害自己，只要她的恋情没有伤害性就是她进入青春期的证明。关于母亲，你们可以告诉她，家里越温暖，她即使早恋也会爱这个家，家里的温暖是为她放弃恋情而准备的。如果家里没有安全与温暖，她的情感需求就会更多地由青春期性冲力带到早恋中去。母亲的恐慌与控制就会适得其反。

友：这点我已经跟她妈妈说过了。妈妈的害怕是不是更容易使孩子往另一个方向走？

吾：害怕什么更来什么，害怕的力量就是害怕事件的温床。

友：如何让一个母亲走出那种害怕？

吾：你们要帮忙的是让母女互相信任，彼此互相依靠。而不是相互防范与索取。母亲的紧张来自母亲内心的不安与恐惧，与她早恋关系不大。可以让女儿关心妈妈，女儿是安顿妈妈心灵的导师。十六七岁的孩子对妈妈免于伤心就是对家庭的责任与爱。女儿必须行动。

友：是呀，女儿是母亲心头的良药。

吾：改变母亲很难。然而让母亲多一份温暖与希望不难。女儿的栽培本是你们帮扶的本心，运用教育的力量，让女儿实现"穷人的孩子早当家"。

友：谢谢校长给我指明了方向。

吾：有你们的善意善行，社会更美好！

洞见：把别人的事当作自己的事，急别人所急，并且在背后不求回报地默默支持与付出，这就是"大爱"。"大爱"成就正义，有了这群"大爱"的志愿者，社会正义如春雨浇灌大地。向阳光爱心社的志愿者表示崇高的敬意！

06
妈妈的焦虑

"我想孩子成为一个我想要的人,可他偏偏不顺我意。我很焦虑。我该怎么办?"这是今天晚上大多数70后、80后妈妈要求我解答的问题。

洞见:妈妈的焦虑来自哪里?

1. 虽然妈妈与孩子的冲突本身就是普通存在。然而因孩子还小,妈妈还想继续做控制的努力,不服输。而越控制,冲突越升级,孩子具有较强独立的自我意识并表现为叛逆,妈妈不断感觉到家庭教育的挫败感,久而久之就由挫败感上升为焦虑。

2. 在亲子关系冲突中的妈妈已经开始反思,并且已经觉知问题出在自己身上,可又苦于改变不了自己。长期知行无法统一导致妈妈对自己经常不满而引发焦虑。

3. 由亲子关系的紧张而产生的夫妻关系紧张以及对孩子未来发展不确定因素导致的不安与担心也

是焦虑的源头。

如何一一消除焦虑？

1. 放弃控制，支持孩子有时间和空间做自己想做的事情，孩子一喜悦成长，妈妈就会转忧为安。

2. 欣赏孩子的自我意识，接纳孩子独立叛逆是孩子独立成长的必然阶段这一事实，妈妈就会放弃自责与抱怨。

3. 改变不了自己，先尝试改变与孩子的关系，感恩孩子是关系修复的良药。亲密关系不仅消除了焦虑，而且还创造了天伦之乐，而且是孩子快乐成长、家庭幸福的根基。

07
陌生人的信任

今天接到一个陌生妈妈的电话:"我孩子读高三,马上高考了。白天学习表现没什么异常,这几次考试还在进步。可孩子晚上在学校宿舍里睡梦中会大喊大叫。现在学校很担心,也影响到了其他同宿舍的同学,学校要求我接回家睡。他这种情况在他初三中考前也出现过。我也打算把他接回家睡。可我很担心。你说,我怎么样做会好一点?"

我告诉她:"孩子晚上梦中大喊大叫对孩子来说,可能是他白天学习考试压力、紧张、焦虑的释放,是孩子利用梦境对身心的自我平衡与修复,对孩子来说可能是正常的身体反应,无碍。你把他接回家给他创造一个更舒适的睡眠空间,让他早点休息,这对他是有益的,同时注意改善他的膳食结构,加强营养。你们不用担心,没有必要紧张,他原来对自己的梦境无知无觉,你们一紧张,孩子倒紧张起来了。"

孩子妈妈听了我的话,说:"你这么一说,我放心多了。"

我说:"如果你还有什么困扰再打电话给我。"

洞见:一个陌生人为什么这么信任我?

1. 是我作为老师的公共身份。

2. 是她曾经接受到过她身边的人对我信任的信息。

3. 是我的善意。

4. 是我的回应消除了她当下的困扰。

后记:祝福这个高三的孩子高考胜利!

08 迁怒

一个家长咨询：林校长，早上好！遇事迷茫，求解！

吾：请说。

家长：今早起床发现孩子在被窝里玩手机，内心火大但还是强忍生气，知道骂也无用，拿了她的手机顺手把手机丢到床头柜上，谁知手机滑落到地上，屏幕碎了（同样的事已发生两次，两次都没想过要摔碎手机）。女儿大哭，打电话给爸爸。老公打电话质问。女儿的不理解，老公的不体谅，心里堵得慌。

吾：你冷静一下。

家长：我很冷静，但是真的很头疼。我很担心她的学习。看到孩子这样玩手机，又心疼她的眼睛。

吾：你火气大是真，不尊重女儿以大欺小是事实。女儿为什么偷偷地玩手机，就是紧张与害怕，女儿在家里都没有安全感，你觉得是什么造成的？

家长：已经初三阶段了，学习很紧张，玩手机占用她的时间太多。

吾：你对她横加干涉摔坏手机是一回事。初三，认不认真学习是一回事。后者不该是前者的理由。后者是你找的借口，心疼女儿的眼睛也是借口。你得承认你的恼怒来自自己的痛苦之身，女儿玩手机只是导火索，女儿是无辜的受害者。

家长：我知道手机摔坏了是我的责任，但只要看到她玩手机我就很伤心，我认为她可以用更多的时间去学习。

吾：你是妈妈，她是女儿。你得回到妈妈的爱的情境里。你的伤心不是爱。你的恼火不是爱。你担心她的学习也不是爱。你这样做不仅不会让女儿好好学习，反而会让女儿与你越来越疏远。

家长：你说得有道理。

吾：把手机屏幕修好，还给女儿。

家长：好的。

吾：引导女儿不要防范，允许她大大方方地在家里玩手机。

家长：这？

吾：你与女儿的关系决定了女儿的快乐指数，也直接影响她学习的主动性。尊重她，欣赏她，信任她，帮助她度过青春期的孤独与苦闷，帮助她度过高压力的初三生活。

家长：好吧。

洞见：为什么大人有时迁怒于孩子，大人却无知无觉？

1. 大人总觉得是小孩子的过错行为让自己发火。

2. 大人总觉得自己的发火是为孩子好。

3. 大人正处于发火的情绪中，对小孩子正在遭受的委屈与害怕的情绪感受不到。

4. 小孩子面对大人带来的伤害无力抗拒，不足以唤醒大人。

09
准确回应

A 妈妈对我说:"我十岁的儿子嫌我帮他充电话费太慢了,就说我像个老太婆。他现在动不动就肆无忌惮地指责我,真想揍他一顿,都是被爷爷奶奶惯坏了。你告诉我,我用什么方法能把他扭转过来。"

B 妈妈对我说:"我儿子上初三了,经常玩手机游戏,我不让他玩,他就一整天关在房间里,饭也不出来吃。有时见到我就像见到空气一样。有时我就恐吓他,他就会说些不阴不阳的话,气死我了。"

洞见:A、B 妈妈都是被孩子与她对抗的情绪惹恼,强迫孩子服从,给孩子惩罚,更加发火,动手打人,和孩子争吵,AB 妈妈被恼怒的情绪控制,非赢不可。A、B 妈妈所说的烦恼与焦虑普遍存在,是典型的"大不爱小,小不爱大"的糟糕的对立的亲子关系导致的。如何修复如此对立的亲子关系?还得从父母入手。父母不成长,一切空谈。父母应该学习接纳并准确回应。父母面对孩子黏人、哭闹、发脾气、攻击、咒骂、自我封闭等难以理解难以接纳的行为：

1. 要确保自己不被孩子的情绪激怒。

2. 保持持续的冷静并不带任何偏见地感受孩子的情绪。

3. 静静地通过孩子情绪的窗口觉察到孩子内心的种种诉说：可能是激怒他人的愤怒以求平衡自己的愤怒；可能是对自我意识的维护以寻求认同；可能是保护自己设定的界限以保卫自己的自由与快乐；可能是自我封闭以逃避伤害等。

4. 清楚地了解并确定孩子内心的企图。

5. 专注地对孩子内心的需求作出准确回应（拥抱，抚触，静等，微笑，满足要求，道歉。），爱与信任随即发生，孩子得到救助。

10
为了公平

微友：林老师，我想请教你个问题。

吾：请说。

微友：我们要去演出，今天家长们突然对自己的孩子是否站在前排位子起了意见，一定要让自己的孩子站在第一排。俺该怎么办？

吾：说说具体情况。

微友：其实不是说后排不能出镜，就是一个三角形队形，前后排的问题。

吾：能不能调整舞蹈队形？增加每个小朋友前排的机会。多用一字形队形或前后排前后交叉变化队形。

微友：好像变不了，因为后天就演出了。

吾：你先主动向她们表示歉意，说明事先考虑欠周全，然后承诺下次演出给予她们的孩子更多的出镜率。或者回来多给孩子几个课时培训。

微友：家长要的就是这一次的前排机会。

吾：那只能调整表演队形，加班加点，也要调出来。

微友：妥协吗？

吾：这不是妥协，是你自己补过。家长诉求合情合理。

微友：好的。我得学会换位思考。

吾：加油，祝演出成功。

洞见：比之于弥补，孩子更需要当下的公平。在社会的真实舞台上，有人当配角有人当主角，这是天经地义的。可是在孩子的教育上，每个孩子都应该是教育的主角，每一个都不应该也不可以是其他孩子的配角。这是教育的起点，也是每一个老师的职业基点。教育公平是相对的，只要把公平教育的价值实践于每一个教育行为，甚至实践于每一个教育细节，即使给予孩子的机会还是有差异的，孩子与家长也不会鸡蛋里挑骨头，追求不切实际的绝对的教育公平。

后记：佩服以上家长为争取孩子平等的前排机会所作出的努力。也佩服以上项目组织者勇敢地迎合家长的诉求，并为满足家长诉求所做出的修正与进取。

11
不要再骂我

一个初三的男孩子坐在我对面，随坐的还有另外三个大人，其中一个是她妈妈。这次的见面是她妈妈有意安排的。

我问他："你现在最想改变的事情是什么？"

他迟疑了一会儿，轻声细语地说："我想让老师不要再骂我。"

他祈求式的回答让我吃惊，我平静心情继续问道："老师为什么骂你？老师是怎么骂你的？"

他缓缓地回答："我上课经常发呆，老师就会瞪我，或是朝我翻白眼。"

我观察到他表情里没有怨恨，追问："你想让老师不骂你，是为了什么？"

他回答："我想有个好心态学好功课。"

我追问："你反抗过老师吗？"

他回答："没有。"

我追问:"你一直这样隐忍,不难受吗?"

他回答:"有点儿。"说完,低下头,表情由多云转阴,瞬间由阴转多云,抬起头来瞄了他妈妈一眼。

我开导:"你可以写一封信给老师,向老师倾述一下被骂的委屈和痛苦,老师会感动的。"

他说:"没用的。"

我无言。

洞见一:是什么让这个阳光少年如此害怕老师?遭遇这样的害怕的力量的孩子本应该的愤怒和反抗的情绪到哪去了?他目前的祈求(想让老师不要再骂他)如果实现不了,这个孩子还会继续隐忍下去吗?隐忍中被压抑的痛苦最终会找到放弃学习与自怜来平衡的时候,这个孩子的心灵里会结出一个怎样的果?

洞见二:这个孩子的老师知道这个孩子的心声吗?知道这个孩子的心声,孩子的老师又会怎么做呢?是什么让老师一直忽略了孩子的害怕与痛苦而无知无觉?是什么让老师在面对这个孩子的时候一直生发不了关怀与体贴?

洞见三：就事论事，这是师生关系。解铃还需系铃人，老师是修复师生关系紧张化的关键。可是深层次一想，目前师生关系如此对立是普通现象，学生是受害者，老师其实也是受害者。

12
我为什么要抱你

在永康解放街与胜利街交叉的十字路口边上的小树林里，远远地听到一个小孩的哭声，听哭声他大概三四岁，他边哭边连续说："爸爸抱我。爸爸抱我……"只见小孩旁站着一个中年男子，他不停地反问："我为什么要抱你？我为什么要抱你……"就这样，在来来往往的车流人流中，这对父子就这样僵持着，小孩子的哭声、央求声与爸爸的反问声融入夜色中。我渐渐地走远，心里对那位父亲说："你就依了孩子吧！"

洞见：也许爸爸抱累了不想抱，也许爸爸想培养孩子独自走路的能力就是不抱；也许爸爸被小孩拗在那儿的表现惹恼了而就是不想依了孩子……爸爸这样说这样做对孩子的成长会造成怎样的伤害？第一，爸爸忽视了他们是僵持在一个公共的场所，公开上演父与子的闹剧并不光彩，大多数人看到这样的场面都会动恻隐之心，同情小孩，会为小孩辩护，鄙夷爸爸，因为爸爸忽视孩子的权力和尊严。这样的群众眼光会是爸爸与孩子关系成长的障碍，在爸爸那都赢不到权利和尊严的孩子，他又会怎么去更大的社会群体中赢得权利和尊严？第二，爸爸在孩子有情绪时不仅不能感同身受孩子的不安与恐惧，而且不能觉察自身也在情绪之中，爸爸这样麻木的状态会进一步加剧孩子的反抗，孩子拗在那就是抗拒情绪使然，抗拒一旦成为意识，孩子和爸爸的关系就形成了隔膜。第三，爸爸口气中充满责问，拒绝孩子提出要求的同时还明知故问为难孩子，显然是以大欺小。孩子在僵持不下的情况下会自然退缩，封闭自己的诉求，懦弱的自我意识的形成在所难免。在被欺负下成形的懦弱一旦面对强者自然就会退缩，然而一旦面对更弱的对象，他就会乘机报复以大欺小。第四，这样的伤害发生后，爸爸如果还是在无知无觉中，缺乏自我省察，没能自我纠错，甚至于还自以为是，爸爸就会一错再错，小孩在成长中就会遭遇更大的困苦，心灵从此不堪重负。

13
迁就不是爱

有朋友阅读了我昨晚的微文《我为什么要抱你》，留言："换另一个角度看，每个小孩子都是一个机灵鬼，如果他看出了大人的心思，知道在公众场合大人会迁就的话，那他会不会就一而再，再而三地使用他的小聪明来实现他的想法呢？"

洞见：

一、发问：为什么朋友担心孩子看出大人的心思？为什么朋友会把我说的，"你就依了孩子吧！"理解成大人"迁就"？为什么朋友会担心大人一旦迁就，孩子就会一而再，再而三地使用伎俩？为什么朋友会把小孩子赢得大人的"迁就"是"小聪明"？

二、区分：1. 我说的"你就依了孩子吧！"，这是爸爸对孩子的爱，这样的爱是没有担忧也不是迁就。"迁就"就是妥协与委曲求全，是功利的，内心是不自愿的，这不是一个哭着央求的孩子所需要的。如果爸爸用迁就的姿态满足孩子，孩子真的会以为是自己的胜利，是自己努力的结果，因为他感受到的不是爸爸的爱而是爸爸的"迁就"。难怪朋友会担心孩子一而再，再而三地使用小聪明。2.爸爸在与孩子的冲突中会自然地产生各种各样的担心，担心来自于各种各样曾经发生过的事件，以及与头脑里事件黏合在一起的体验，这时候，朋友头脑里满满的分析判断堵塞了爸爸透明的纯粹的爱。没有爱的状态下，爸爸的心思与小孩的心思是对立的，对立的双方都只在乎自己，不在乎别人。这不仅葬送了父子之间亲密的关系，而且相互构筑的心墙将是铜墙铁墙。

三、反馈：爸爸的爱不是迁就，爸爸的爱里没有担心，爸爸的爱不会产生对立，爸爸的爱是孩子的最爱。

四、结论：迁就的想法来自朋友与孩子对立的意识，担心孩子使用小聪明也是来自朋友与孩子对立的意识，这跟我的微文《我为什么要抱你》中的主角无关。整合对立，建立与孩子亲密的关系，父子之爱就会畅通无阻，对立不在，心墙自破。

14
家是孩子的避风港

有家长咨询：林校长，你好。方便吗，我女儿的事情想向您请教一下。

吾：请说。

家长：我女儿今年读初三，压力比较大。

吾：是呀。

家长：她的成绩在年级里最好的时候在第 9 名，最差的时候在第 86 名。偏科有些严重。数学和科学一直不是很理想，在初三之后越加明显。最近两次考试都失利，对她打击很大。今天回家哭得稀里哗啦的，说压力大，说老师只重视成绩。

吾：你想问我什么问题？

家长：嗯，你觉得我们做父母的应该怎样去安慰她？

吾：不用安慰。她哭是一种表达，有情绪。埋怨老师是自己难以承受结果的情绪突破口，情绪一过，就会雨过天晴。

家长：可她甚至说有厌学的感觉。

吾：你想要她给你一个怎么样的女儿？

家长：身心健康，善良懂事。

吾：她现在不健康不善良吗？

家长：这倒没有。可是看到她对自己有要求又达不到目标，现在开始厌学，我心里也难受。

吾：她难受时，你也难受。是她的难受让你难受还是你的难受增加了她的难受？

家长：都有。

吾：那你能不能先停止你的难受？

家长：我也不想难受，可眼泪还是流了一脸。

吾：你的哭不仅帮不上忙，反而帮了倒忙，添乱。你想让她微笑面对人生压力，那得你先做给她看，既微笑面对自己的压力，也能微笑面对她的压力。你一安静下来，并且乐见其成，你就能帮她把目标定在她能实现的点。你的微笑是帮她走过眼前困境的外援力量。

家长：明白了，谢谢。我这就上楼叫她早点休息。

洞见：一个十五六岁的孩子在成长的路上何止就只承受学业成绩的压力，她还得承受青春期性萌动冲击的压力，她还得承受学习无聊和无用机械反复的压力，她还得承受与同学交往与老师父母交往障碍的压力，她可能还得承受来自家庭成员之间感情争执的压力，承受来自家庭贫困、自我长相、身体生病的压力,等等。面对这些压力,父母如果不能感同身受,一味地向她表达自己的不安、担心、紧张、不满,父母一味要求孩子改变现状,那么孩子真是遭遇"屋漏偏逢连夜雨"的困境了。学校不是安顿她疲乏不安的身心的地方,家也不是安顿她疲乏不安的身心的地方,那么四面楚歌的她会把疲乏不安的身心安顿在哪?谈恋爱、迷恋游戏、迷恋打扮、发脾气、自责、自怜、自我压抑、抽烟喝酒暴力等都可能是暂时安顿她疲乏身心的通道,果真这样,后果不堪设想。那面对孩子由压力造成的困境,父母怎么办?一句话:家是孩子的避风港。唯有在安全温暖舒适的家的港湾的佑护下,孩子才会躲过一劫;唯有有机会在安全温暖舒适的家的港湾里休整,孩子才有可能舔舔伤口恢复元气,鼓起勇气迎难而上。

> 为什么儿子的成功能疗愈母亲小时候的创伤？因为母子血脉相连，心心相印，是命运共同体，儿子表现出来的成就与喜悦，就像给妈妈打一针强心剂，瞬间融化了沉睡在妈妈记忆里的恐惧，一切由这个恐惧造成的苦也瞬间随风而去，一种释负后的快乐就像乌云突然散去天空晴朗无云。

第十章

01. 没有反抗就没有成长
02. 神奇的疗法
03. 无计可施
04. 说教的口头禅
05. 这个"儿子"不简单

01
没有反抗就没有成长

孩子进入到青春期，从 13 岁或者 11 岁开始，他们就会强烈地对父母的权威进行反抗。甚至会对整个大人世界进行反抗，对老师进行反抗，对压迫他们的所有力量进行反抗。

这种反抗其实是来自孩子生命成长的一种无意识的原始力的推动，为寻找并努力突破现实的绑束而收获全新的自由。这种对自由的渴望以及对自由的追求，是我们成长的天赋，我们借助成长的价值来确立独立的人格。

如果他们反抗成功，他们也许就会像英雄一样获得英雄的人格以及冒险般的创造力，但他们确立了这种内在力量的时候，他们可能会产生对自由的理解，他会觉得自由就是建立在反抗的基础上，或者他会觉得自由就是这一生带给他最伟大的喜悦与成就。

面对追求自由的这个反抗的过程当中，他们就会发现，为了这种自由，他们会付出极大的代价以及代价背后产生的对自由的责任也会急剧增加，因为他如果不履行获得自由之后的相应的守护自由的责任，他们的自由又会被限制，又会被剥夺。

于是，在这个反抗的过程当中，他获得了自由，并确立了自己独立存在的内在力量，同时理解了自由与守护自由的责任，这个时候他就有了强大的自我意识，他这种自我意识的获得本身就是一种独立的表现，所以所有的反抗大都在于获得独立的自我意识，或者说是为了实现独立于这个社会的个体权力。

当他们拥有了这种独立人格的时候，他们就会不断地为了更高的自由而努力，而更高的自由的获得取决于他所投入的勇气、情感、智慧、创造性，而这些力量的整合是我们成为一个成熟的个体所应该拥有的努力。获得更多的自由的时候，他们的责任会扩展为他人的自由而奋斗的全新的责任，责任的扩展与他自由的扩张是相统一的。

他们只有反抗，才能通过反抗摆脱依赖与控制，获得自由的权力，从而走向独立，并从独立走向更高的自由，又从人格独立走向精神独立，这一步步的成长过程都需要一种原始的力量，美其名曰是叛逆的力量。

洞见：反抗是原始生命力，一切自觉或不自觉的反抗都是为了实现最好的自己，即实现自由的、独立的、道德的、创造性的自我。

02
神奇的疗法

小A妈妈发给我一篇微文，分享了她的一次神奇心灵成长的过程：

"儿子第一次上少儿春晚跳舞，表现非常棒，我心里特别开心。很感谢崇德学校的老师。三年级的每个孩子都上台表演了，《棉花的梦想》中120个孩子，7分钟的节目，没有一个落下！从编剧到排练，老师们都付出了很多。孩子们在舞台上表演结束后，台下观众的掌声给予了孩子们内在很大的能量鼓舞。孩子们更加地自信，更加地欣赏自己。林校长曾经说过，不会落下任何一个孩子，我当时听了心里非常感动，现在是见证了林校长的话。崇德不是一所普通的学校，崇德是一所创造奇迹的学校。

不敢上台表演是我人生的一个创伤，经由儿子上台表演我仿佛已被疗愈。记得小学二年级的时候，我们学校六一儿童节演出，我们都要上台表演，当时排练了很久，我还精心准备了漂亮的裙子，可是表演节目的那天，老师说人太多了，我不用上台了，从那一刻开始我有很深的自卑，我开始攻击自己，觉得自己不够好。从那以后我的学生时代再也没有上过台表演，即使被选中，我也会找理由不上台，因为我内在有很多恐惧担忧，我担心自己付出努力，最后又上不了节目，这是我小时候的创伤。看见儿子上台表演，我又紧张又兴奋，好像在台上跳舞就是我自己，看见儿子一举手一投足间表现出那么多的快乐与自信，我太高兴了，内心瞬间而来的喜悦神奇地触碰到被我埋藏的创伤，我没做到的事情，儿子做到了，儿子舞台上展现出来的精神美感，瞬间让我如释重负。这种心灵感觉太神奇了。

我为儿子感到自豪，我为自己感到莫名的自豪，我为崇德学校而自豪……

洞见：为什么儿子的成功能疗愈母亲小时候的创伤？因为母子血脉相连，心心相印，是命运共同体，儿子表现出来的成就与喜悦，就像给妈妈打一针强心剂，瞬间融化了沉睡在妈妈记忆里的恐惧，一切由这个恐惧造成的苦也瞬间随风而去，一种释负后的快乐就像乌云突然散去天空晴朗无云。

03 无计可施

一位妈妈给我发来短信：

我通过你微文的分享，发现了我小儿子竟然复制了我在人际交往上无力的创伤。我可以疗愈自己，却不知道如何帮助孩子。因为复制了我身上的人格创伤，我小儿子一直活在孤独孤单中，犹如我小时候像生活在太空中没有任何交集的自闭里。我多么希望每个学校都像崇德，都是一个以尊重孩子天性以人为本，以爱与学识为滋养的方式进行全面教育教学的学校，这样教出来的孩子可以完全按照自己的天赋决定自己的人生轨迹，成长得更独立更具创造力，并按照自己的意愿发展，我以为这样的教育是全球最先进的教育。我认为高贵的人格尊严的培养是一切幸福快乐健康人生的基石，丧失自我与创造力的应试教育是十分可恶的。我与孩子他爸上学期商议，让小儿子来崇德学校上学，结果被他爸给否决了，我是心向往之，却无计可施，主要是我自己还没有完全从沼泽中挣扎出来，恢复勇气与信心。

我读了，心里久久不能平静。

洞见：为什么文中妈妈"心向往之，却无计可施"？

1. 妈妈对未来美好的需求不强烈，心向往，只是一般向往，虽有动机却缺乏制动力。

2. 他爸反对的态度产生的力量一边倒式地压制了妈妈原有的一点动力。

3. 妈妈内在的恐惧与妥协是一贯的处事模式，习惯了内在自我背叛。第1点是内在限制，第2点是外在限制，第3点是旧有行为反应机制钳制，3点同时发力，则无力还击，最终再一次失败，即再一次无计可施。

04 说教的口头禅

有些说教孩子的词句，听起来很熟悉，很多见，有的还成了许多父母的口头禅，看上去是说，其实是骂，其实当下的焦点全在父母自身情绪的渲泄上，是父母向外抓取与破坏。例如：

我问 A 家长：你常常会怎么说教孩子？

A 家长：怎么说了这么多次，你还是这个样子，真拿你没办法？

（A 家长是沮丧）

我问 B 家长：你常常会怎么说教孩子？

B 家长：你怎么这么没用？

（B 家长是失望）

我问 C 家长：你常常会怎么说教孩子？

C 家长：你是不是我生的？

（C 家长是忧伤）

我问 D 家长：你常常会怎么说教孩子？

D 家长：你去死掉算了！

（D家长是放弃）

我问E家长：你常常会怎么说教孩子？

E家长：你怎么这么懒？

（E家长是厌恶）

我问F家长：你常常会怎么说教孩子？

F家长：我就这么被你气死了！

（F家长是恼怒）

洞见：父母说教孩子，如果不是就事论事，而是不断表达对孩子的失望、恼怒、厌恶、抵毁等，那么所有说辞就是对孩子的责骂，甚至是带有恶性的诅咒，由于说还戴着教育的面具，久而久之由说变成对孩子的负催眠恶催眠，父母也麻木不觉，有的还会升级为语言暴力而理所当然。我觉得，父母一次次对孩子口出恶语的说教很大的程度上，都是来自恐惧的遗传与恶语的遗传，父母每一次无知无觉的负面情绪下的所谓说教，就是家庭恶的轮回与扩展，就是家庭不幸的温床。

05
这个"儿子"不简单

一位妈妈在朋友圈发了一篇关于儿子不断拖延写作业的故事,情节如下:

晚上7:30。

儿子:妈咪,我写作业了。

我一阵欣喜。

儿子:我先听一首歌吧。

有点不爽,还是答应了。

歌听完了。

儿子:我再看一个抖音,就一个。

我忍着。

结果看了几个后还没要去写作业的动静。

我继续忍着。

终于要进房间的时候。

儿子:妈咪,金丝熊(他的小仓鼠)好像还没喂水,我去给他喂水先。

我一声不吭。

过了一会儿，门铃响了，传来小伙伴的喊声：李鸿鑫下来踢球啊。

儿子：妈咪，我下去玩一会儿就回来写作业哈。

我：……（你们可以想象我此时的内心）

我看了这个故事，忍不住笑了，这小子的"胆子"也太大了！

洞见：故事中的儿子，活脱脱的人生赢家。其对妈妈的心性了如指掌，一次次用话语投其所想，令妈妈堪于情势不便狠狠拒绝他的请求。一次次的行动都找到妈妈能接受的理由来实现自己的心意，其自我意志发挥得那么自然与贴切，其纯真的大胆的天性一览无余。然而，故事中的妈妈显然已经很生气，可贵的是，妈妈气而不怒。但是有一个很重要的考验却摆在了妈妈面前，妈妈接下去会采取批评还是表扬？如果批评，结果是，儿子服从或儿子抗拒或儿子表面服从内心抗拒。你愿意看到这样的结果吗？如果表扬，妈妈就表扬儿子表现出来的独立主见和独立的自我价值观，这样的结果是儿子会爱妈妈又会爱自己。可是就故事中的情境，妈妈不现场发火就已经很难了，还要让妈妈表扬儿子，这太难了。那妈妈遇上类似的令人生气的情境如何还能发出表扬的态度？ 1.妈妈要养成时时刻刻从容地欣赏儿子表现的敏感性。

2. 妈妈在与儿子的关系互动中要把自我需要先放一边，先在意并满足儿子的自我意识发展的需要。如果能做到以上两点，妈妈就从平庸走向伟大，伟大的妈妈表扬儿子什么，儿子就成长什么。